# A Summer to Die
# 最后的夏天

〔美〕洛伊丝·劳里 著　罗玲 译

晨光出版社

# 前言

## 爱和成长是最好的纪念

当你朝夕相处的家人即将被病魔带走,你会怎么做?面对,还是逃避?这是一个太过残酷的问题,对于大人尚且如此,对于孩子更是。

我们都习惯相互陪伴,而且认为爱只有陪伴时才能真正传达。而告别,是我们有意无意就想避开的话题。我们明白告别终有一天会到来,却怀着微小的愿望,希望那一天来得越晚越好。

告别是一门功课,似乎每个人都不及格。

在成长的路上,父母教我们如何满怀希望,如何追逐梦想,如何变得勇敢,如何心存感恩等等,却几乎从不教我们如何面对告别,尤其是与至亲之人的告别。

在我二十五岁那年,我不得不与患先天性心脏病的表弟告别。接到家里电话的那一刻,我的大脑一片空白,随之而来的巨大悲痛紧紧攥住了我,像是心里缺失了一块。随着时间的逝去,这空缺的一块渐渐结成伤疤,一触碰就会很疼。只要还有疼的感觉,这伤疤就不算痊愈。

多年以后,我翻译了这本《最后的夏天》。整本书就是一场盛大的告别。翻译到痛处,我常常有种不知所措的慌乱感。同时,它也让我开始反思,告别是人生的重要课题,我们是不是因为缺乏勇气而一直在忽视与逃避它?

梅格和莫莉是一对姐妹,梅格多才多艺,莫莉美丽善良。梅格总是觉得莫莉太美,自己太丑;而莫莉又觉得梅格太优秀,自己太普通。两姐妹彼此深爱对方,却并不自知,而总是找茬对着干。这就是她们的日常。

这不就是每个家里的两姐妹都会有的样子吗?在吵吵闹闹中长大,你看不惯我,我看不惯你,可是姐妹间的感情任谁都无法代替。等她们长大

了，会看着对方出嫁，会陪着对方当妈妈，等她们老了还能手牵着手回忆小时候拌过的嘴和抢过的洋娃娃。

她们从没想过要与对方告别，也从没想过要用告别这种残忍的方式证明彼此相爱。但她们的成长之路，在梅格十三岁的那个夏天突然转了个弯。在这个弯道上，疾病一步步带走了莫莉，而梅格唯有恐惧、慌乱，觉得犹如末日来临。

告别比任何冒险都更需要勇气。没有人教她该怎么做。她不知道该怎么陪姐姐度过人生最后的日子，不知道怎么做才能让爸爸妈妈不至于伤心绝望，更不知道怎样才能把自己从悔恨和无措中拯救出来……

这些问题一股脑地摆在她面前，由不得她退缩和逃避。她能做的只有面对。姐姐的生命终究留不住，而她渐渐明白，她还拥有姐姐的爱，更重要的是，博学又幽默的爸爸、坚强而隐忍的妈妈、亦师亦友的忘年交威尔，还有以无比积极的态度迎接新生命的好邻居本和玛丽亚夫妇，都陪在她的身边。而那用春夏秋冬不同的色彩和力量，给予她勇气和灵感的大自然，更让她体会到，消亡之后，会迎来新生。

姐姐走了，梅格的生活还要继续。而她也学会了用那双和姐姐一样美丽的眼睛去探索这个依然精彩的世界。十三岁的夏天对梅格来说是刻骨铭心的，仿佛一夜之间她就长大了。当然，没有任何一个孩子需要用这样的方式突然长大，可是当我们必须解答告别这道难题时，唯有好好地告别，把对方那份对生活的希望活出来，并用爱做永远的纪念。

罗玲

# 目录

Contents

### 第 一 章
粉笔画下三八线 · 1

### 第 二 章
微笑的老房子 · 16

### 第 三 章
拥有暗房的梦 · 33

### 第 四 章
三十四张照片 · 48

### 第 五 章
肉豆蔻彩蛋 · 64

### 第 六 章
春天里的第一把柳枝 · 79

第七章
永远不变的名字·97

第八章
舒缓忧伤的华尔兹·115

第九章
突然结束的夏天·128

第十章
眼泪一样的药水·136

第十一章
龙胆花的约定·151

第一章

# 粉笔画下三八线

是莉画的三八线。

她是用粉笔画的那条线——那是个白色的、粗粗的粉笔头，粉笔是我们还住在镇上时就有的。那时候，我和莉都还小，镇上有条人行道，我们还在上面玩跳房子。那根粉笔已经不知所踪很长时间了。莉把它翻了出来，它就放在去年我在陶艺课上做的一个陶土盘子里，里面还有一条细绳子、几个回形针和一块不知道还有没有电的电池。

她拿起那个粉笔头就在地毯上画了一条线。好在这

块地毯没什么毛,不然她根本就画不上去。那是铺在以前老房子的厨房里的地毯,很旧、很平,磨损得厉害,所以白色的粉笔在蓝色的地毯上画出了完美的线条。然后,在我目瞪口呆的时候(因为这么气急败坏,不像莫莉的作风),她继续把线画到了贴着蓝色小花墙纸的墙上。她站在自己的书桌上,把线一直画上了天花板,接着跑到房间另一头,站在自己的床上,把另外一面墙上的线也画到了天花板。莫莉的线画得可整齐、可均匀了。幸好是她在画,要是换了我,肯定画得一团糟,线条歪歪扭扭不说,还粗细不均。莫莉画得真不错。

画完后,她把粉笔头放回盘子里,坐到自己床上,拿起了一本书。在开始读书之前,她瞄了我一眼,因为我还是吃惊地站在原地,根本不敢相信她居然画了条三八线。然后,她说:"听着,现在你随便怎么邋遢都行,但是你只能在你那边乱来,这一边,是我的。"

我们住在镇上的时候,莫莉和我都有单独的房间。分开住确实不会让我们的关系变得更亲近,但是起码能让我们井水不犯河水。

当姐妹这事儿真是滑稽。嗯,反正对我俩是如此,

爸爸说过不能以偏概全。莫莉比我长得漂亮，不过我比她聪明。我一心一意地想有一天能出人头地。我希望等到我长大的时候，所有的人都知道我是谁，因为我会做一件特别了不起的事情——虽然我还不知道那是什么事，不过我的成就肯定能让大家一提到我的名字——梅格·查莫斯，就赞不绝口。有一次我把我的想法告诉了莫莉，她则说她希望长大以后就嫁人，改成夫家的姓，成为某某家的莫莉，某某夫人，还要生小孩，好多小孩，孩子们都尊敬地喊她妈妈，那就是她所希望的。莫莉满心欢喜地等待那一天的到来，而我却很不安分，非常没有耐心。她觉得自己期待的事情一定会实现，对此她非常确定，毫不动摇。不过我就没那么确定了，我害怕自己的梦想有一天会像盘子里的那条旧绳子和回形针一样，不知道被遗忘在什么地方。

这就是我，一会儿雄心壮志，一会儿又踟蹰不前，因而我的性格草率、冲动，有时候对什么都不满意，经常把事情弄得一团糟。而莫莉的目标很明确，她把要做的事情都规划得清清楚楚，所以她的性格就比较文静、随和、自信，甚至有点自命不凡。

有时候我觉得，爸爸妈妈虽然分了两次来生我们，可是他们把所有的优点都给了大女儿莫莉。更多的时候我还会想，爸爸妈妈只在生莫莉的时候花了心思，而我则是用边角料做的。这种自我感觉可不好，尤其像我这样一个内心深处藏着野心、梦想和理智的人，虽然我知道事实并不是那样的。

　　和别人住在同一个房间最难的地方就是藏不了任何东西。我并不是说那些不成双的脏袜子，或者那十四张由于尝试创作一首诗未果而被揉成一团的废纸，尽管莫莉介意的正是这些东西，所以才要画那条三八线。我想说的是一个人非常隐私的那部分：有时你会无缘无故地流眼泪；你想在一个安静的地方独自思考问题；有些话你想大声说出来听听看是什么样子，不过你只想说给自己听。做这些事情时，有个封闭的空间是非常重要的，住在镇上的时候我就是这样做的。

　　镇上的房子还在，还属于我们，可是别人已经住在里面了，我只要认真去想这个问题就觉得反胃。在镇上的房子里，我的房间里贴着红白格子的墙纸，在房间的一角——靠近窗户的地方，我在墙纸上用荧光笔玩了三

最后的夏天 | 5

局画三棋[1]游戏。全是平局。我和自己玩,输赢都无所谓,但有意思的是,我还是特别想赢。

房子的街对面是砖砌的高高的大学钟楼,钟楼上有一面大钟。每天夜里,每当我该入睡的时候就能听到钟声。我听见它每过一个小时响一次,清脆的钟声由远及近传来,像黑夜里那被常青藤环绕的钟面的轮廓那样清晰。现在我们住在乡下,住在旷野的中央,而那钟声是我最怀念的东西。我喜欢宁静,这里也确实非常安静,可是每当半夜睡不着时,我能听见的就只有睡在旁边床上的莫莉的呼吸声。这里很少有汽车经过,也没有钟声,所以判断不出时间。这里的确很安静,安静得有点孤独。

而安静就是我们搬到这里来的原因。爸爸所在的大学只给他一年的时间完成他的著作。有一段时间,他把自己关在老房子的书房里写作,尽管他已经请了假,不再上课,可是有些学生还是不断会来找他。"我只是想稍微耽误查莫斯博士几分钟的时间。"他们站在玄关那儿,怯生生地说。妈妈则回复道:"你们不能打搅查莫斯博士。"

---

[1] 画三棋:一种游戏,两人轮流在井字棋盘的方格内画 X 或 O,谁先将画过的三个方格连成一行,谁获胜。(本书若无特殊说明,皆为编者注)

这时，爸爸的声音就会从楼上传来："让他们进来吧，莉迪亚，反正我也想停下来喝杯咖啡了。"

所以，妈妈就让他们进来了，可是他们一待就是几个小时，一直和爸爸交谈，随后爸爸会邀请他们留下来吃晚餐，于是妈妈忙不迭地往锅里加面条，洗几棵生菜做沙拉，或者是赶紧再削几个胡萝卜来炖汤。一顿饭吃下来又得花好几个小时，因为每个人都有好多话要说，爸爸甚至还会开一瓶红酒喝。有时他们离开时已经是深夜了。那时我已经上床睡觉了，可以听到钟声从街对面传来。他们在门口告别，还在使劲儿问问题，津津有味地讨论，或者是听完爸爸讲的逸闻趣事后哈哈大笑。然后爸爸妈妈上楼睡觉，我会听到爸爸对妈妈说："莉迪亚，这本书我没法写完了。"

那本书叫《反讽的辩证生成》。有一天吃晚餐的时候，爸爸非常骄傲地告诉了我们书名。妈妈问："你们能快速地连说三遍吗？"我和莫莉试了一下，都不行，我俩都被弄崩溃了。爸爸非常严肃地说："这将是一本非常重要的书。"莫莉说："什么书？"于是爸爸试着再说一次书名，可是他也说不清楚了，也被整崩溃了。

爸爸想要给我再解释一下书名的意思,不过他放弃了。莫莉说她完全听明白了,可是她经常说大话。

感恩节之前的那个星期六早上,我们正在吃早餐,爸爸妈妈说我们要从镇上的房子搬走。之前我就知道会有什么事情发生,因为整整一个星期妈妈都在不停地打电话,她可不是那种喜欢煲电话粥的人。

"我们已经找到房子了,"妈妈一边说,一边给自己和爸爸倒咖啡,"房子在乡下,这样你们的爸爸才能安静写作。亲爱的,那座房子很不错,是1840年建成的,厨房里有一个大大的壁炉。房子坐落在一条土路上,周围是一百六十英亩的树林和田野。到了夏天,我们还可以整理出一片菜地来。"

夏天!我猜莫莉跟我是一个想法,我们都以为妈妈说的也就是一个多月而已,也许过了圣诞假期就能搬回来。可是她说夏天,现在才十一月啊。我们张着嘴,像傻子似的坐在那儿。自从十三年前我出生那天起,我就一直住在镇上的这座房子里,现在他们居然说要搬走。我想不出要说些什么,我的这种表现倒是毫不稀奇。但是,莫莉总是有话要说。

"上学怎么办呢?"她问。

"你们坐公交车去上学,新学校是马克瓦克谷联合学校,这所学校很好,乘车二十分钟就到。"

"你们能快速地连说三遍吗?"爸爸咯咯笑着说,"马克瓦克谷联合学校。"我们都没张嘴。

联合学校[1]。我甚至都不知道这是什么意思。老实说,这个名字听起来让我觉得学校该吃泻药了。算了,反正学校也不是我关心的重点。我关心的是每周二下午的美术课,我已经学了好几个星期的水彩,马上就要学油画了。还有周六上午的摄影课,我拍摄的日落时的钟楼打败了另外八个男生的作品,刚刚被评为一周最佳。

可是,我根本就没问要是我们搬到乡下去后,我的课程该怎么办之类的,因为我知道会怎么样。

"爸爸,"莫莉嗫嚅着说,"我刚刚加入了啦啦队。"

天哪,她真不该跟爸爸提这个话题。爸爸非常为莫莉骄傲,因为她非常非常漂亮。可是爸爸似乎还是常常对她有些吃惊,因为莫莉年满十五周岁以后突然就变成

---

[1] 联合学校,指合并数个学区的学生而建成的学校,多出现在乡村偏远地区。

最后的夏天 9

了大人一样。时不时地,爸爸就会看着莫莉,既吃惊又骄傲地摇摇头。可是爸爸考虑事情是有轻重缓急的,当莫莉说完啦啦队以后,爸爸就把咖啡杯重重地放到桌上,皱起眉头看着莫莉。

"啦啦队,"他说,"这不是优先考虑的问题。"

就是这样。所有的事情都已经决定了,没有什么可以讨价还价或者计较抱怨的。一切都非常忙乱。我们甚至忽略了马上要到来的节日,爸爸的一些学生假期没有回家,在周二有五个人和我们待在一起,妈妈做了一只火鸡。那天大部分时间我们都在打包行李。学生们帮着把书装进箱子,还帮着妈妈打包餐具和厨房用品。那个星期我就把自己的东西都收拾好了。当我把崭新的、还没有用过的油彩——那是上个月我十三岁的生日礼物,装进盒子里时,我哭了。打包照相机的时候,我又哭了一次。可是起码这些我最在乎的东西会跟我一起走,而莫莉不得不把她那件蓝白相间的啦啦队服交给接替她的人——一个叫莉萨·哈斯德的女孩。莉萨一副为莫莉感到难过和同情的样子,可是一眼就看得出来她是装的,她已经迫不及待想要回家去试穿那条百褶裙了。

这一切都是在上个月发生的，可是感觉已经过了好久好久了。

很奇怪，房子的年代久远与否关系重大。对于此，我不应该觉得奇怪才对，因为一个人的年纪大小当然也至关重要嘛，比如我和莫莉。莫莉十五岁，她会在妈妈不注意的时候画眼影，在镜子前一站就是几个小时，每天晚上都和朋友们煲电话粥，而且大多数时间都在谈时尚话题。她只花了两天的时间就在新学校找到了新朋友，第二个星期，她就被选为啦啦队替补队员。

而我，虽然只比莫莉小两岁，可这两岁却造成了如此大的不同，虽然我也不清楚这是为什么。不仅是外貌上的不同，当然，这确实是其中一部分。如果我侧身站在镜子面前——一般我都懒得照——我倒宁愿背对着镜子，因为我和她的差距实在是太大了。我其实也想涂点眼影，可是没办法涂，因为摘下眼镜后我根本看不见。这些都只是外貌上的不同，而我俩根本上的不同在于，我一点都不在乎这些外在的东西。不过，两年后我会在乎吗？又或者其实我现在就在乎，只是装作不在乎，连我都被自己骗了？我也说不清楚。

说到交朋友，好吧，在联合学校的第一天，第一位老师叫我"玛格丽特·查莫斯"时，我对他说："请叫我梅格。"结果坐在教室边上的一个男生大喊了一声："肉豆蔻梅格[1]！"于是，直到今天，也就是三个星期之后，马克瓦克谷联合学校的所有人——一共三百二十三人——都叫我肉梅格。不是都这么说嘛，摊上这样的朋友，谁还需要敌人呢？

对了，我真正想说的是房子的年代。就像妈妈说的，这座房子建于1840年，差不多已经有一百四十年的历史了，而我们在镇上的房子只有五十年的历史。它们的区别在于镇上的房子很大，有数不清的柜子、阶梯和窗户，还有一个阁楼。镇上的房子里有很多你可以独处和躲藏的地方：你可以带一本书，蜷缩在某个角落好几个小时都不被人发现。那些地方是只属于我的小天地。比如说阁楼楼梯尽头的那个壁龛，我把自己拍的照片和画的水彩画钉在那里的墙上，为自己弄了一个画廊，在那儿不会有人责怪我往墙上钉图钉。

---

[1] 梅格（Meg）是玛格丽特（Margaret）的昵称，肉豆蔻（nutmeg）可拆分为英文 nut 和 meg，而且 nut 有傻瓜的意思，便成为同学取笑的绰号。

我觉得在生活中拥有这样的小天地是非常重要的，这些秘密除非你自己愿意，否则别人是不能分享的。我跟莫莉讨论过一次这个问题，她不能理解我，她说她乐于分享一切。这就是为什么她喜欢啦啦队，这样她就可以张开双臂，然后所有人都会回应她。

乡下的这座房子很小，爸爸说这是因为那个年代房间保暖很困难，所以才故意建成这样。天花板很低，窗户很小，楼道就像是一条小隧道。没有什么地方是让人舒心的。地板有些倾斜了，松木地板间的间隙很宽。你想关上一扇门，它会在你不注意的时候自己又打开。关不关门其实都不要紧了，因为根本就没有什么隐私可言。连房间都不是自己的，还费劲儿关门干吗？

我们搬到这儿以后，我立刻就跑进了空荡荡的房子，那时候其他人还站在院子里，试着帮搬家货车在满是积雪的车道上调头。我爬上那一小截台阶，四处打量了一下，屋里有三个房间，两大一小，小房间在正中间，刚好连着窄窄的门厅。小房间的天花板几乎一直倾斜到地板上，有一扇窗户可以看到屋后的小树林，墙纸是黄色的，很旧，褪色很严重，不过还维持着黄色，上面点缀着一些小小的

绿叶图案。这个房间只够放得下我的床、书桌和书柜，还有别的一些可以把房间真正变成我的地盘的东西。我在那扇窗户前站了很长时间，看着那片小树林。隔着一块农田，在这座房子的左边，远远的，我看见了另外一座房子。那座房子是空的，外墙没有粉刷过，有几扇窗户已经破了，黑漆漆的，像乌黑的眼睛。这个小房间的窗户是长方形的，就像一个画框，我站在那儿就在想，每天早晨醒来后，我都会站在窗前向外眺望，每一天都是一幅崭新的图画。雪会越积越厚，风会把树上最后的几片叶子刮下来，房檐上将挂满冰凌，然后春天就到了，万物复苏，一片新绿。清晨的田野里会开满野花，兔子出没其间。也许人们会回到那座废弃的房子里居住，到了晚上，田野对面黑咕隆咚的窗户里也会亮起灯。

最后，我走下楼梯。妈妈在空空的客厅里，计划着该怎么摆放从镇上的家里搬过来的大沙发。爸爸和莫莉还在外面，往车道上撒盐，以防行人在雪地上摔倒。

"妈妈，"我说，"小房间是我的，对吗？"

妈妈停下来想了一会儿，盘算着楼上房间的用途。然后她用一只胳膊搂着我，说："梅格，小房间是爸爸的书房。

他就在那儿写作。你和莫莉一起住走廊尽头的那间大卧室，就是贴着漂亮的蓝色花朵墙纸的那间。"

妈妈总是喜欢用手势来传达意思：拥抱啊，隔着房间的飞吻啊，挥手啊，眨眼啊，微笑啊之类的。有时候还是挺管用的。

我又返回楼上，来到那间不完全属于我的大房间。透过房间的窗子，我还是可以看见小树林和田野那边的空房子的一部分，可是有一部分视线被我家房子旁边倒塌的谷仓挡住了。这不一样。我已经很善于把一切往好处想了，可是这真的不一样。

现在，在我们搬进来一个月以后，也就是圣诞节前两天，这座房子看起来有家的味道了。屋里很暖和，炉子里烧火的声音噼啪作响，楼上是爸爸打字机的声响，还有各种冬天的气味，比如说晾晒打湿的靴子的气味、肉桂的气味——因为妈妈在做南瓜派，还有姜汁面包。可是刚刚，莫莉，这个想要张开双臂分享一切的莫莉，画了一条三八线，因为我不能像那些观众一样冲她微笑，并且和她分享。

第二章

# 微笑的老房子

有好事情发生哦。这个倒是让我稍微有些吃惊。刚搬来的时候,我觉得我得在这个地方忍上一年,会很孤独,而且这儿绝对不会发生什么新鲜事。

可是现在好事降临在了全家人的身上。这事从妈妈身上很难看出来,因为她是那种随遇而安、享受一切的人。莫莉和妈妈很像。你看她俩那个兴奋劲儿,一定是发生什么美妙的事情了。可你仔细一想,根本就没发生什么事嘛。比如说,每天早上,妈妈都会往厨房窗台外面的小鸟投食器里投放些新鲜的食物。两分钟过后，第一只小鸟飞来吃早餐，妈妈会跳起来说："嘘……"然后去看小鸟，妈妈的样子会让你忘记其实前一天那里有四百只小鸟。再比如说，如果厨房里的花草长出了一片新叶，妈妈恨不得要寄庆生卡片。所以，对妈妈来说，好事随时都在发生。

我和爸爸比较像。他会等待好事真正地发生，好像如果为一点小事就开心的话，大好事就不会降临了似的。不过爸爸的写作比较顺利，他说这全靠搬到这里来。

每天早上，爸爸就走进小房间，关上门，然后用一个砖头把门抵住，防止它在自己工作的时候自动打开。我和莫莉下午四点放学回家，他还在里面，妈妈说他一整天都没出去，只是偶尔到厨房给自己倒杯咖啡，然后又一言不发地回到楼上，那样子就像在梦游。我们可以听见打字机在全速运转，还会时不时地听见他把纸撕成碎片，揉成一团，然后把新的纸放进打字机里，敲击的声音再次响起。爸爸还会自言自语，我能从门外听见他说话的声音，不过爸爸的自言自语是个好兆头，

因为他一言不发的时候就意味着事情进行得不太顺利，不过好在自从我们搬到这里来之后，他就一直在小房间里自言自语。

昨晚爸爸下来吃晚餐的时候，看起来心事重重的，可是他又时不时自顾自地微笑。我和莫莉说着学校里的事情，妈妈对我们说她想趁我们住在乡下，用我和莫莉小时候穿过的衣服做一条百家被。我和莫莉开始回忆我们的旧衣服——我们都不穿裙子了，我觉得这两年我净穿牛仔裤了。莫莉说："还记得我那条上面有蝴蝶的讨厌的裙子吗？就是我在六岁生日宴会上穿的那条。"我已经忘了，可是妈妈还记得，她大笑起来，说："莫莉，那条裙子很漂亮啊。那些蝴蝶都是手工刺绣的！我必须把它缝到被子上一个特别的地方！"

爸爸一个字都没听进去，不过他一直似笑非笑地坐在那儿。突然，他说道："莉迪亚，我真的有点理解柯勒律治[1]了！"然后他从座位上跳起来，剩下半块苹果派都没吃，就三步并作两步地跑回书房去了。于是，我

---

[1] 塞缪尔·泰勒·柯勒律治是美国著名的浪漫派诗人，代表作有《古舟子咏》等。

们听见打字机又响了起来。

　　妈妈用欢喜的眼神看着爸爸的背影，她看蠢萌的东西时都是这种眼神。她微笑着，仿佛又看到了自己的记忆，看到了过去发生的一切，正是那些过往让他们变成了现在的样子。我想关于爸爸，妈妈一定是回想起了他还是个学生的时候，他们相识，那时爸爸又严肃，又健忘，可是心肠很好，就像现在这样，不过那时候爸爸很年轻，现在可不一样了。在妈妈的记忆中，我肯定与各种麻烦和困惑脱不开干系，因为我从来就不是一个乖孩子。我记得我总是问问题，总是顶嘴，还爱撒野。可是不管我做了什么，妈妈看我的眼神中总是充满了关怀。那么莫莉呢？我也看到过妈妈用那种关怀的眼神看她，不过那眼神更复杂一些。我觉得当妈妈看莫莉的时候，她一定想起了更早的事情，想了她自己还是个姑娘的时候，因为莫莉和妈妈长得很像，看着自己再一次长大一定是件让人觉得很不可思议的事情吧。那感觉就像是拿反了望远镜——看着年轻的自己，身处远方，孤身一人。对于观赏者来说，这距离是如此遥远，除了眺望、铭记以及微笑之外，别无他法。

莫莉很受男孩们的欢迎。在她很小的时候，住在隔壁的男孩们就来我们家给她修理自行车，把他们的轮滑鞋纽扣[1]借给她，她膝盖擦破了皮，他们会送她回家，焦急地等着她贴好创可贴，他们还会把节日里收到的糖果分享给她。往往我的糖果袋已经底朝天了，而莫莉不仅还剩好多好吃的，而且还有男孩们在拍卖会上给她买的礼物。

男孩们怎么可能不喜欢像她那样的女孩呢？我看惯了莫莉的样子，因为我已经和她在一起住了十三年。可是时不时地，我还是会像看一个陌生人一样打量莫莉。前不久的一天晚上，莫莉坐在壁炉前做家庭作业，因为我想问她关于负数的问题，便朝她看过去。在炉火的映衬下，她的脸变成了金色的，一头金发从额头垂下，顺着脸颊滑落在肩膀上。有那么一瞬间，她仿佛就是朋友们从波士顿寄来的圣诞贺卡上的图画。这真是太怪异了。我就那样看着她，屏住了呼吸，因为她看起来是那么美丽。然后她发现我在看她，就冲我吐了吐舌头，于是她又变成了那个我熟悉的莫莉。

---
[1] 轮滑鞋纽扣是单排轮滑鞋上的纽扣，用来调节鞋子的大小。

我想，男孩们肯定始终都只看见了她的一部分——美丽的那部分。现在突然冒出一个名叫蒂尔尼·麦戈德里克的男孩，他是篮球队的，还是低年级的学生会主席，在学校里每时每刻都围着莫莉转。他俩总在一起。当然啦，因为我们住在树林里，到哪儿去都太远，所以他们没有办法在放学后还见面。虽然蒂尔尼想开车从他家过来，可是他还不到能开车的年纪，而且一半的路程都是被积雪覆盖的泥路。不过他每天晚上都给莫莉打电话，莫莉会把电话拿到食品储存室去接。长长的电话线从厨房穿过，妈妈和我在收拾餐具的时候不得不从上面跨过去。妈妈觉得这挺有意思的。不过当年的她也有一头卷发，大概也和莫莉一样漂亮。而我呢，也许是因为我的头发是毛毛糙糙的直发，还戴着眼镜，所以这一切这让我觉得有点难过。

爸爸掌握了柯勒律治——且不管那是什么意思，莫莉掌握了蒂尔尼·麦戈德里克。我呢，我其实没有掌握任何事情，不过在这里，还是有好事发生在我身上了。

我有了一个新朋友。

刚过了新年，假期还没有结束，我出门散步。自从搬来这里，我就一直想出去走走，可是事情实在是太多了，首先是学校里的事，然后是收拾家里，紧接着就到圣诞节了，过完了圣诞节又得收拾家。总之，我一直没有找到合适的时间。我猜一定是命运让我在那一天出去散步。命中注定的。就在那天，在连续几个星期的大雪和阴天之后，太阳终于露出了笑脸。

我拿着我的相机——自从搬到乡下来，这还是我第一次带相机出门——到处走走。我穿着长长的外套和厚厚的靴子，走上了离我家较远的那条泥巴路。我朝那座荒废的房子走去，就是那座透过我家楼上的窗户就能看见的隔着一片田野的房子。

因为积雪，我没有办法靠近那座房子。房子离主路很远，离汽车道也很远，房子的右侧有一条很窄的路，但还没有被平整出来。我站在那儿，使劲儿跺脚取暖，对着那座房子看了很久。我觉得它就像一位非常诚实而善良的盲人。这听起来有点蠢，可是我就是觉得它看起来很诚实，因为它方方正正的。这座房子很老了——这是我从它的建筑方式上看出来的，它有一个处于正中央的烟囱，还有别的我从我们现在住的那座老房子里了解到的特点——不过这座房子的每个角都是正方形的,就像是一个男人紧紧地抱着膀子。房子的墙上光秃秃的。整座房子看起来破破烂烂的,也没有粉刷过,老旧的墙砖在风吹日晒中变成了灰色。我觉得这就是为什么它看起来很善良的原因,它一点都不介意自己的寒酸和不加粉饰,甚至还有点引以为傲。我说它像盲人,是因为它不会回望我。所有的窗子都空空荡荡的,黯淡无光,不过它并不吓人。它就矗立在那里,仿佛在思考什么。

我站在路上为它拍了几张照片就走了。我知道那条泥路的尽头就在我家房子后面一英里的地方,但是我从来没有走到过那里。校车在我家的私家车道那儿就转弯了,除了一辆破得不行的卡车时不时来一次,没有别的车来这里。

那辆卡车就停在路的尽头,旁边是一座因为风吹雨打而破旧不堪的小房子,它看起来就像是我刚才经过的那座房子一个更贫穷的远亲。确切地说,应该是表哥,体弱多病但是有点傲气。烟囱里冒着烟,门两边的窗户上挂着窗帘。院子里有一只狗,看见我进来就把尾巴重重拍在了雪堆上。在卡车旁边——不对,应该是在卡车

里,起码脑袋在车里,引擎盖下面,有一个人。

"嗨。"我打了声招呼。什么话也不说转身就回家的话挺蠢的,虽然我一直以来都向爸爸妈妈保证,绝对不会和陌生男人说话。

那个人抬起头来,他的头发是灰色的,戴着一顶大红色的毛线帽子,他笑了一下——非常好看的微笑——然后说:"查莫斯小姐,很高兴你来这里。"

"叫我梅格。"我不假思索地说。我有点糊涂了,他怎么知道我是谁呢?我们甚至没有把姓名写在邮箱上。

"是玛格丽特的简称吗?"他走过来和我握手,其实就是握了我的手套,上面被握上了一点污渍,"请原谅,我的手很脏。天气太冷,车的电池没电了。"

"您怎么知道?"

"怎么知道梅格是玛格丽特的简称?因为我妻子就叫玛格丽特,所以,这是我最喜欢的名字之一。有时候我会叫她梅格,不过别人不这么叫她。"

"在学校他们都叫我肉梅格,我打赌没有人叫过您的妻子肉梅格。"

他笑了起来。他有一双好看的蓝眼睛,当他笑的时候,他的脸因为笑纹变成了另外一副样子。"没有,"他说,"确实没有,不过她不会介意的。肉豆蔻是她最喜欢的香料,每次做苹果派都要用。"

"不过,当我问'您怎么知道?'的时候,我的意思是您怎么知道我姓查莫斯?"

他用挂在卡车门把手上的一条油腻腻的抹布擦了擦手,说:"亲爱的,我很抱歉。我还没有做自我介绍,我叫威尔·班克斯。在外面站着太冷了,你虽然穿着靴子,脚肯定也冻僵了。进屋去吧,我来给我们每人泡杯茶,然后告诉你我是怎么知道你的名字的。"

我想象了一下我告诉妈妈说:"于是我就进了他家。"然后我立即联想到妈妈会说:"你就进了他家?"

见我有点犹豫,他笑了。"梅格,"他说,"我已经七十岁了,就算是对一位像你这样漂亮的小姑娘,我也完全是无害的。进屋来陪我说说话,暖和暖和。"

我也笑起来,因为他知道我在想什么,很少有人猜得到我在想什么。于是,我走进了他的家。

真让人吃惊!这座房子小小的,很旧,从外面看起来像是随时都要倒塌的样子。同样,他的卡车也很旧,

最后的夏天 25

感觉随时都会散架。班克斯先生本人也很老，不过他看起来倒是不会散架。

　　但是，这座房子的里面好漂亮啊。每样东西都很完美，简直就是我想象中的，或是用颜料画的理想之家。一楼只有两个房间，挨着前厅的那间是起居室，墙壁粉刷成了白色，地上铺着一块东方风情的地毯，上面有着各种形状的蓝色和红色色块。壁炉大大的，壁炉架上方挂着一幅画，是真的手绘而成的，不是印刷的。一个锡制的大水罐摆在亮堂堂的桌子上。一个大大的五斗橱，提手都是闪闪发光的黄铜材质。一把刺绣装饰的靠背椅，刺绣是纯手工的，我认得出来，因为妈妈有时候会做刺绣。阳光从两扇小小的窗子照射进来，透过白色的窗帘，在地毯和椅子上投下斑驳的光影。

　　前厅的另一头是厨房。班克斯先生带我看了起居室之后，带我进了厨房。厨房里有一个生着火的木柴炉，炉子上的紫铜壶里正烧着水。松木圆桌上摆放着蓝色的针织餐垫，桌子中间有一个蓝白相间的碗，碗里放着三个苹果，看起来就像静物写生画。每一样东西都精致闪亮，摆放得恰到好处。

这让我想起了在幼儿园唱的一首歌。我和小朋友们坐在桌子前面,双手交叉放好,经常会唱:"我们坐坐好,小脸闪闪亮。"我的脑海里还能听见五岁的孩子们用稚嫩的声音唱那首歌,真是美好的记忆。班克斯先生的家就像那首歌一样,是一座有回忆的温暖的房子,里面的东西都布置得井井有条,仿佛都在微笑。

他拿过我的外套,和他的挂在一起,然后用结实的马克杯倒了两杯茶。我们在桌前的松木椅上坐下来,椅子因为老木头本身的颜色、抛光打磨,再加上阳光的照射,看起来闪着金黄的光芒。

"楼梯尽头那个小房间是你的吗?"他问道。

他怎么会知道那个小房间呢?"不是。"我说,"我倒是希望是我的,那个房间很棒。您知道吗?从那儿可以看见田野另一边的那座房子。"他点了点头,他知道。"可是爸爸需要那个房间,他在写一本书,所以我和我姐姐住在一个大房间里。"

"那个小房间是我的,"他说,"在我小时候。你爸爸不工作的时候你去看看里面的衣柜。要是没有人修补的话,在衣柜的底板上,你能看到我的名字刻在上面。

那个时候我八岁，因为对姐姐不礼貌被罚关在房间里。"

"你以前住我家？"我吃惊地问。

他又笑起来。"亲爱的梅格，"他说，"是你住在我家。"

"那座房子是我爷爷建的。其实他最先建起来的是田野那边的那座房子，然后又建了你们现在住的。过去一大家子人当然都住在一起，所以他是为他终身未嫁的妹妹建的第二座房子。后来爷爷把它给了他的大儿子——也就是我父亲——姐姐和我都是在那里出生的。

"我和玛格丽特结婚以后，它成了我的房子。我带着我的新娘开始在那里生活，那一年她十八岁。那时姐姐已经结婚搬去了波士顿，现在她已经去世了。我的父母，当然也都不在了。我和玛格丽特没有孩子，所以现在我孤身一人。哦，也不尽然——我姐姐有一个儿子，不过那一言难尽。

"不管怎么说，这块土地上只剩下我一个人了。当我年轻的时候，玛格丽特还在的时候，有好多次，我都想离开这里，到城里去找份工作，赚很多很多的钱，可是——"他点着了烟斗，顿了一下，陷入了回忆。

"噢，这块地也是我爷爷的，后来传给我父亲，再后来传给了我。现在没有多少人明白，这到底意味着什么。不过我懂这块土地，我认识每一块石头，每一棵树。我不能离开它们。

"这座房子以前是给雇工们住的。我大概修整了一下，还是座不错的小房子。不过，另外那两座房子也都还属于我，后来税收不断提高，我负担不起了。玛格丽特去世以后，我就搬到了这里，把大房子租给那些因为某些原因要搬来这荒郊野外生活的人。

"当我听说你父母在找房子的时候，我向他们推荐了那座小一点的房子。对作家来说，那是个很棒的地方——我想，独处是可以激发想象力的。

"时不时有人来打听田野对面的那座房子，他们都觉得房租应该很便宜，不过我不会租给任何人的。这就是为什么大房子一直空着——适合住在那里的人还没有出现。"

"您在这儿觉得孤独吗？"

他喝完了茶，把茶杯放在桌子上。"不孤独，我一辈子都生活在这里。当然，我想念玛格丽特。好在，我还有提普。"提普是他的狗，听见他叫自己的名字，提普抬头看了看,用尾巴在地板上敲了敲,"而且,当村子里的人有需要的时候,我还做点木工活儿。我还有书。这些就是我所需要的。真的。"

"当然啦,"他微笑着说,"我很高兴能有一个像你这样的新朋友。"

"我称呼您班克斯先生?"

"噢,别,别那么叫我。叫我威尔吧,就像我的朋友们那样。"

"那就叫威尔吧。我能给你拍张照片吗?"

"哦,亲爱的,"他一边说一边坐直了身子,还扣上了格子衬衣的第一个扣子,"这是我的荣幸。"

阳光透过厨房的窗子照到他的脸上,天色已近傍晚,

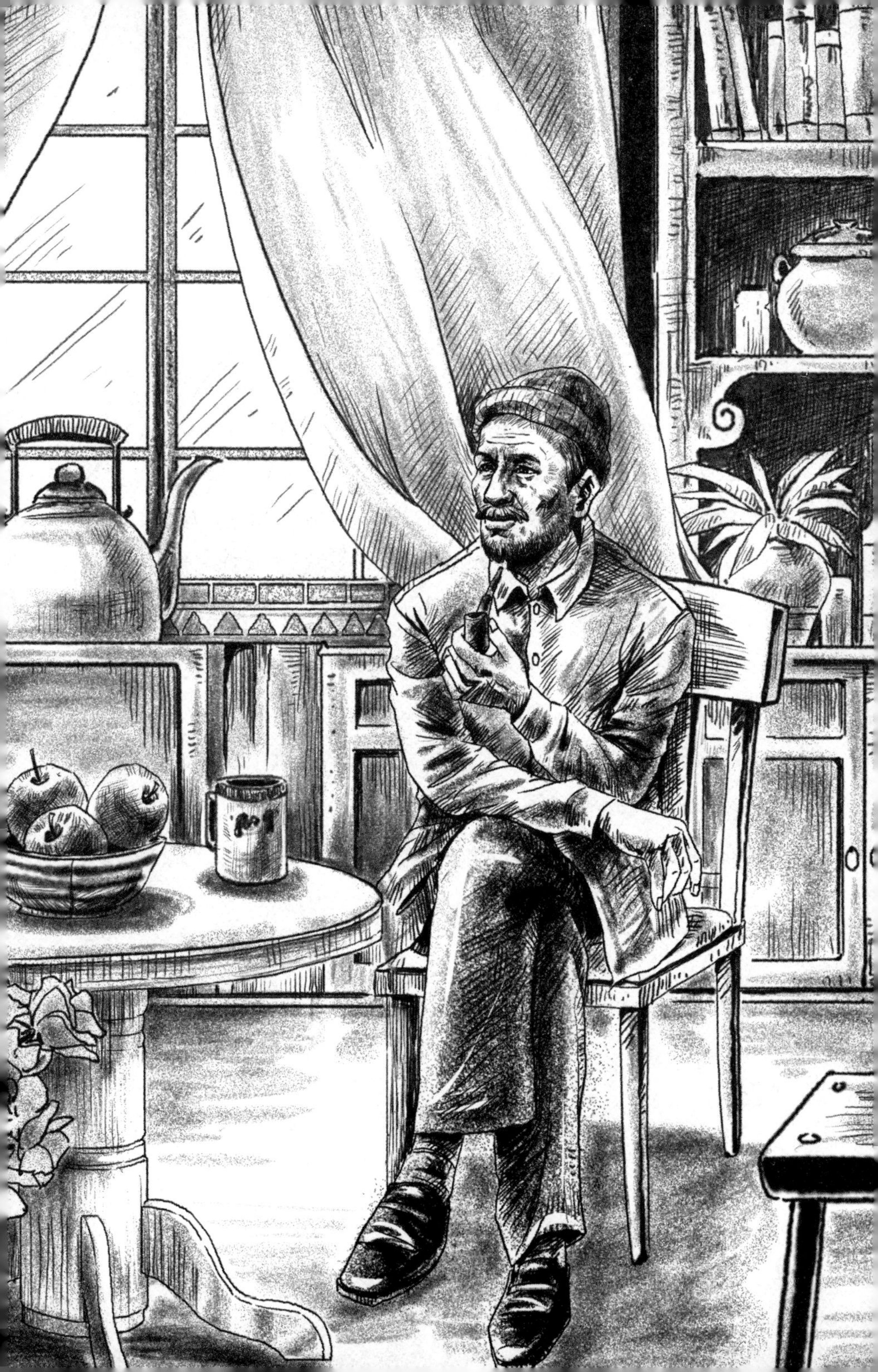

光线非常柔和，这个时候屋里那些高反差的阴影都没有了。他就坐在那里，抽着烟斗，说着话。在他变换姿势和微笑的时候，我不停按动快门，拍完了一整卷胶卷。在那些我感到不自在和不灵光的日子里，我总是拿相机去排遣，因为当我透过镜头看出去时，我感到自己可以掌控聚焦、调光、构图，我可以用这种方法看到别人看不见的画面。我给威尔拍照的时候，心里就是这种感觉。

我把底片取出来装在口袋里，像装着秘密一样往家走。回头看时，威尔又站在他的卡车旁，对我挥手，提普又卧在雪堆边，尾巴扫来扫去。

太阳已经要下山了，风从路两边的雪堆上吹过来，把冰冷的雪花吹进我的眼睛里，可是我的内心深处有某种别样的东西，让我在回家的路上感到格外温暖。那就是这样一个事实：威尔·班克斯夸我长得漂亮。

第三章

# 拥有暗房的梦

在新英格兰，二月是一年里最糟糕的月份。反正我是这么觉得的，不过妈妈不同意。妈妈说，四月是最糟糕的，因为四月里到处都是泥浆，雪融化后，整个冬天被雪埋起来的东西——狗屎、丢了的手套、从车上随手扔出来的啤酒瓶子——都出现了，因为还没有完全解冻，所以都半掩在脏兮兮的残雪和黑乎乎的泥巴中。厨房的地板上，自然会有很多稀泥，这就是为什么妈妈不喜欢四月。

在春天，当妈妈奋力清扫厨房地板的时候，爸爸总是会背一首诗，诗的开头就是："四月是最残忍的月份。[1]"不过爸爸和我一样，也觉得二月是最糟糕的。雪，在十二月还觉得挺有意思的，可是到了二月就变得让人厌烦，又脏又冷。一月还湛蓝的天空到了二月就只剩白茫茫的一片——白得让你有时候分不清哪里是天空，哪里是大地。而且天气很冷，冷得刺骨，冷得让你根本出不了门。我已经有一阵没去看望威尔了，因为实在是太冷了，没法走上一英里的路。我也没有拍照，太冷了，没法摘下手套去使用相机。

爸爸的书也写不下去。每天，他都走进小房间坐下来，可是打字机一声不响。家里安静得有点让人心烦，我们都注意到了这一点。爸爸说他坐在那儿看着窗外白茫茫的一片，根本就没有一丝灵感。我明白他的意思，要是我大冷天带着相机出门，也什么都拍不下来，因为一切的轮廓都淹没在了既没有色彩又没有线条的二月的混沌中。对爸爸来说，他脑子里的东西都是没有线条的混沌状态，所以根本就写不出来。

---

[1] 出自英国著名诗人托马斯·艾略特的著名长诗《荒原》。

我带着爸爸看了衣柜的底板，松木板上真的刻着"威廉"。

"威尔·班克斯这个人很有意思。"爸爸说着，靠在他那把放在打字机面前的破旧皮椅上。爸爸在喝咖啡，我在喝茶。这是我第一次走进小房间来看他，看起来他很喜欢有人陪伴。"你知道吗？他接受过良好的教育，做橱柜是一把好手。本来他可以在波士顿或者纽约挣大钱，可他就是不愿意离开这里。这儿的人都觉得他有点疯了，不过我说不好，说不好。"

"他没疯，爸爸。他是个好人。他是这两座大房子的主人，可是却不得不住在那座小房子里，真是可怜。"

"可是，梅格，他住在那儿很开心，你不能跟开心过不去吧。问题是，我担心威尔那个在波士顿的外甥，会给他惹麻烦。"

"什么意思？怎么可能有人给一个与世无争的老人惹麻烦呢？"

"我不确定。我真希望我对法律的了解更多一些。好像那个外甥是他唯一的亲人。威尔拥有这片土地，还有这几座房子，这些都是他得到的遗产。不过等他去世以后，它们就归他的这个外甥，也就是他姐姐的儿子所有了。这可是一大笔财产。可能你会觉得这也没什么嘛，可是梅格，这些房子是真正的古董，是好多大城市的人都想买的那种东西。显然，他的外甥想把威尔定性为法律上的'无民事行为能力者'，其实就是疯了的意思。如果他得逞了，那么他将接管威尔的财产。他想把这座房子卖给那些建游客民宿，以及把那座大房子改建成旅馆的人。"

我站起来向窗外望去，越过田野，看到那栋空房子在一片白茫茫的雾气中显得灰暗，而线条清晰的屋顶上是用砖砌成的又高又直的烟囱。我想象着窗户上都挂着可爱的蓝色百叶窗，门口的招牌上写着："本店可刷各大信用卡消费。"我在脑海里想象出一个停车场，里面停满了从各个州开来的小汽车和野营车。

"他们不能那么做，爸爸。"话一说出口，却变成了问句，"他们可以吗？"

爸爸耸耸肩，说："我原以为他们办不到，可是上个星期，威尔的外甥给我打电话，说他听说村里的人都叫威尔'疯子威力'，问我是不是真的。"

"'疯子威力'？你是怎么回答的？"

"我说我从来没有听到过这么荒唐的事情，以后不要打搅我，因为我现在忙着写一本即将改变整个文学史的书。"

这话让我俩都大笑起来。那本即将改变整个文学史的书此刻正堆在爸爸的书桌上，以及地板上，大大的废纸篓里起码有一百张揉皱的打印纸，还有两张纸被他折成纸飞机扔到了房间另一边。我们笑得停不下来。

等我终于停下来时，我想起一件一直想告诉爸爸的事："你知道吗？上个月，我拜访威尔的时候，给他拍了照片。"

"嗯？"

"他坐在厨房里，抽着烟斗，眼睛望着窗外，和我聊着天。我拍了整整一卷胶卷。你知道吗，爸爸？他的眼睛非常明亮，他的脸非常生动，满是回忆和思想。他对一切都很感兴趣。你说'疯子威力'的时候，我忽然想起了这件事。"

"我能看看那些照片吗？"

我觉得自己有点傻。"那个，我还没能把照片洗出来，爸爸。我不能在学校的暗房里洗照片，因为我得赶早一班的校车回家。我只是记得我在给他拍照时他的脸的样子。"

爸爸突然从椅子上坐直："梅格，我有一个好主意！"爸爸的声音听起来像个小男孩。妈妈曾经对我和莫莉说她不介意没有儿子，因为爸爸很多时候就像个孩子，现在我终于完全明白妈妈是什么意思了。爸爸看起来就是个十岁的小孩，在某个星期六的早晨，脑袋里冒出了一个令自己兴奋不已却很有可能不靠谱的想法。

爸爸说："我们来建一个暗房吧！"

我简直不敢相信。"在这儿？"我问。

"对啊！听着，我对摄影一窍不通，你来当我的专家顾问。但是我的确知道该怎么盖房子，而且我也想歇一歇再继续写作。一周之后开工可以吗？"

"当然，我觉得可以。"

"你需要些什么呢？"

"首先，得有一块地方。"

"房子和谷仓中间通道上的那个小储存室怎么样？那个够大了，对吗？"

"大是够大，可是太冷了，爸爸。"

"啊哈！你没动脑筋哦，顾问。我们需要一个取暖器。"他转向书桌，找出一张空白的纸，写上："1. 取暖器。"爸爸就是喜欢列清单，"还有什么呢？"

"我们来看看。里面已经有架子了，但我还需要一个工作台之类的。"爸爸记了下来。

"还要特殊的灯，暗室安全灯。就是那种不会让相纸意外曝光的那种。"

"没问题。那个屋里有电。还有什么？你需要很多设备，对吗？如果我们要建暗房，干脆就建一间最好的。"

我叹了口气。我已经差不多知道会出什么问题了。不过，就像我说的，爸爸喜欢列清单。管它呢，我开始告诉他暗房需要的每一样东西：一台放大机、一个计时器、几个托盘、化学制剂、相纸、显影罐、特殊温度计、滤光片，还有一个聚焦器。清单很长，爸爸已经开始在第二张纸上记了。光是列个清单也挺有趣的，虽然我知道这不过是个梦而已。我梦想拥有一间暗房已经很久了，只是从没告诉过任何人。

"我们在哪儿才能买到这些东西呢？"爸爸问。

我到我房间拿了一本摄影杂志,然后回到书房。我们一起看了那本杂志的最后几页广告:纽约、加利福尼亚、波士顿。

"波士顿,"爸爸高兴地说,"太好了!我正好要去那儿见见出版商,干脆这周就去。"他把卖东西的公司名字和地址记了下来。"那么,这些东西一共要花多少钱呢?"

我其实真的不想笑,可还是大笑了起来。爸爸就是这样,总是在最后关头才想起最明显的问题。我们查阅了波士顿公司的价目表,把价钱记在爸爸的清单上,然后加起来算了一下。爸爸的脸耷拉下来了。还好我一开始就知道这不过是场梦,不至于太失望。而可怜的爸爸,以为这些一定可以实现,所以当他发现实现不了时不免吃了一惊。

我俩都勉强笑了一下,因为我们都不想让对方难过。

"听着,梅格,"爸爸说得很慢,他把清单折起来,放到了书桌的一角,"当我坐在这里写作的时候,有时我会遇到无法解决的问题。每当那时,我就暂时不去想它。我把它放在我的内心深处,不过我不会在这个问题上纠结。你明白我的意思吗?"

我点点头。不纠结是我的强项。

"到目前为止,"他解释说,"所有那些问题都已经自行解决了。突然之间,所有问题的解决方法不知从哪儿就都冒出来了。现在,我希望你做的是,"他用手轻轻敲了敲那张折好的清单,"暂时先不要去想它,不过可以把它放在你心里的某个地方,潜意识能惦记到的地方。"

"好的。"我同意了。

"用不了多久,事情就可以解决的。我非常确定。也许很快,因为你和我的潜意识都惦记着这件事。"

我笑起来。爸爸说得那么肯定,其实我一丁点儿都不相信。"好的。"我说。

"我是不是该用'潜意识们',我的意思是,用复数形式?"

"爸爸,"我一边把空杯子拿去厨房,一边说,"你才是英语教授啊。"

妈妈坐在厨房的炉火边缝被子。她对那条被子热情高涨,目前为止她干得的确不赖。不过莫莉和我凑近了去看,就对那条被子敬而远之了。我想大概是因为里面有太多回忆了。必须得承认，有些事情还是忘了比较好，尤其是当你还没有完全从那件事中超脱出来的时候。那条被莫莉恨透了的、有蝴蝶的裙子，差不多被缝在被子的正中间。旁边是那块我再也不想提起的蓝白条纹的布料，那是我五岁生日那天穿的裙子，结果生日蛋糕刚端出来，我就吐了一桌子。还有一块粉红的缀着小白花的布料，那是我在复活节那天穿着去主日学校的衣服，原本我要给一屋子的人背诵一首诗，可是我一个字都不记得了，结果大哭了一场，那时候我大概六岁。还有一块蓝格子布料，那是莫莉上初中的第一天穿的裤子，那时的她还没有意识到其他女生都在穿牛仔裤了。还有一块布料是我的女童子军[1]制服，我恨女童子军，每次还没到那里我就把会费都买了糖果，结果每个星期都挨骂。

"上面有绣花的那块白色布料是什么？"我问妈妈。每次只要我和莫莉对被子表现出一丁点兴趣，妈妈就很开心。

她把被子拿起来，转身对着窗子，这样她才看得清

---

[1] 女童子军是美国最大的女孩团体组织，成立于1912年。

我问的那块布。妈妈的脸上满是怀旧的神情,说道:"这是莫莉的第一个胸罩啊。"

"什么!"

要不是莫莉这一嗓子"什么",我都没注意到她在屋里,她就躺在角落的那个沙发上。(从很多方面来看,老房子都很贴心,有多少人家的厨房里有沙发呢?)其实她在那儿我也不是很意外。自二月以来,莫莉就感冒了,现在的她就像家里的一个摆设,或是一件家具似的,永远抱着纸巾盒躺在那儿。

从某个角度来说,莫莉生病了也挺好的,因为她就会一直待在家里,而不是在放学后以及周末和朋友在一起。我俩一起做了一些长大后就再也没有做过的事,比如说玩大富翁。和莫莉一起玩这种弱智游戏很有意思,因为莫莉压根儿就不当回事。我在各个地方,包括在愚蠢老旧的波尔蒂大道上都建了宾馆,当她掷完骰子发现自己只能在我的地盘着陆时,不禁咯咯地笑起来。她移动着自己的棋子,棋子越来越靠近,她也笑得越来越大声,最后她的棋子到达目的地,撞在我建的宾馆上,然后莫莉开始数出她所有的钱。"你赢啦,"她说,"我彻底被你打败啦！"她哈哈大笑着把钱全都给我，随后立刻说道："我们再来一次。"

我是个特别输不起的人。要是我输了，我会一直嘀嘀咕咕地说："这不公平。"关于为什么我和莫莉对待失败的态度不一样，我思考过一次，那次我俩玩金拉米纸牌，我输了以后大哭，还冲莫莉喊"你作弊"，其实我知道她并没有，当时我觉得自己很傻很幼稚。我想大概是因为莫莉在重要的事情上，或者是对她来说重要的事情上总是能赢，比如说选啦啦队队员之类的，所以对于一些小事，比如说玩大富翁，她就不太在乎。也许有一天，当我也成功做成某些事的时候，我就不会再嘀咕对任何其他事"不公平"了吧。

莫莉生病也挺让人心烦的。她总是牢骚满腹，这一点都不像她，因为她想去上学——其实就是想蒂尔尼了，虽然他每天都给她打电话——还因为她担心自己的样子。她的自我感觉糟得不能再糟了，因为她在我们房间里的镜子面前花了大把的时间，试图把自己乱蓬蓬的头发梳理好，还在脸上涂了胭脂，因为她的面色太苍白了。

有时候，当莫莉折腾发刷和发夹时——她要把自己变得更漂亮,其实根本没有必要——我有点希望她能注意一下我的头发,也能帮我收拾收拾。我才不会开口请她帮我,我几乎可以肯定她不会笑话我,可我就是不愿意开这个口。

"莫莉,别起来,"妈妈叹了口气说,因为莫莉想要冲到房间这边来看看她的胸罩,"你又会流鼻血的。"

莫莉感冒的主要症状就是流鼻血。妈妈说那是因为莫莉正处于青春期,不过妈妈总拿青春期说事。村里的医生则说是因为天气太冷,冻坏了鼻黏膜。不管是什么原因吧,反正莫莉的鼻血流得挺严重的。我们房间里她那一半还是那么令人讨厌地整齐,可是我觉得莫莉滴在地毯上的鼻血比我乱扔在我这边的任何东西都恶心。

总算到了晚餐时间。妈妈收起了被子,关于胸罩的讨论也就告一段落。妈妈把猪排和苹果酱摆到餐桌上。我必须要把我盛沙拉的盘子挪开,好给莫莉腾个地方放纸巾盒。爸爸喜欢摆放整齐的晚餐,可是他一句话都没说,因为之前的几顿晚餐都因为莫莉没有带纸巾而搞得一团糟。

这顿饭吃得特别安静,莫莉因为鼻子而吃得小心

翼翼的，而我和爸爸则都有点心不在焉，因为要把一件事放进潜意识而不去想是一件很不容易办到的事。妈妈一直试图挑起话题，可是因为没有人接话也就算了。她放下叉子，叹了口气，说："知道吗？即使是在冬天，我也很喜欢这个地方，但我还是会因为夏天的到来而高兴。那时你就不用太担心你的书了，查尔斯，因为那时候差不多就完成了。女儿们可以去露营，这样你们就不会觉得无聊啦——"

"露营。"我突然说了一句。"对，露营。"妈妈看着我说。自从莫莉十岁、我八岁那年开始，每年夏天我们都会去同一个地方露营。

"露营。"爸爸也突然冒出来一句，然后他看着我笑了起来。

"露营要花多少钱？"我问妈妈。

妈妈温和地低叹了一声。"很多钱，"她说，"不过你们不用担心钱的问题。爸爸妈妈每个月都存了一些钱，我们觉得这样做很重要。亲爱的宝贝儿，你们可以去露营。"

"妈妈，"我慢慢地说，"我一定得去露营吗？"

妈妈有点吃惊，毕竟我曾代表我所在的年龄组参加赛跑，还得过两年的最佳露营员。"当然，你不是非去不可，梅格。可是我觉得——"

"莉迪亚，"爸爸大声宣布，"我明天要去波士顿，去见我的出版商，还要去买点东西。梅格和我在谷仓边上的储存室里正在建一间暗房，如果威尔·班克斯不介意的话。我今晚就给威尔打电话，梅格。"

妈妈坐在那儿直摇头，她的叉子上还有一片生菜。她笑起来，说："这家人都是疯子，你们在说什么，我完全听不懂。莫莉，你的鼻子。"

莫莉扯过一张纸巾，捏住了鼻子。透过纸巾，她傲慢地说："我也没听懂他们在说什么。不过不管梅格去不去露营，我都要去。"

然后她笑起来，连她自己都意识到在一堆纸巾后面说话，不仅样子看起来很滑稽，而且声音听起来也很奇怪。她又接着说："如果我的鼻子不再流血的话。"

## 第四章
# 三十四张照片

突然之间,我明白了爸爸写完书的一章内容时是什么感受了。也明白了妈妈,当她种的植物突然开花了,或者是她又缝好了被子的一块布料,她的脸上一整天都会挂着笑容,就算没有人看她。我也明白了当莫莉想到蒂尔尼·麦戈德里克时的反常举动。有一天她回到家,脖子上戴着一条挂着他的那个小金篮球吊坠的项链,不停地傻笑,高兴地上蹿下跳,以至于妈妈不得不要求她安静下来,免得她刚刚康复的鼻子又复发。

三月初，太阳终于从持续一个月的灰暗寒冷中露出了脸，莫莉也在那时终于不再流鼻血了。村里的医生帕特南先生说，这恰恰证明了他的想法，确实是糟糕的天气导致莫莉流鼻血。莫莉说她不关心到底是什么引发的，反正她很高兴不流了，又可以去上学了。爸爸则说他很遗憾没有购买卫生纸公司的股票。

我很难见到太阳，因为我一直待在我的暗房里。我的暗房！完工啦，全部完工，非常完美。是爸爸建的，就像他说的，他说到做到，一切都和我梦想中的一样。没有什么事情是爸爸做不成的。

我最先洗出来的照片就是威尔·班克斯的。我把那卷胶卷藏在抽屉里的及膝袜下面差不多两个月的时间。洗照片的时候真是吓死了——我很害怕我已经忘了怎么洗照片，害怕自己会做错什么。可是当我把底片从显影罐里取出来放在灯下的时候，我看见两张田野对面的老房子的照片，还有三十四张威尔的，他用三十四种不同的方式看着我。我感觉自己像个天才，像个艺术家。

底片干了以后，我把它们全部印在一张相纸上。从底片上很难看出照片洗出来到底是什么样子，所以在冲

洗可以第一次给我展示真正的相片小样的相版时，我还是暗自祈祷能有好运。我站在盛着显影剂的托盘前，就着昏暗的红色光线，看着相版纸由白变灰，然后灰色变成了黑色，阴影处变成了威尔的脸。两分钟以后，威尔出现在了相纸上，从托盘里望着我，一共有三十四个威尔，小而完整。

等照片全部显影，顾不上还在滴水，我就拿着去了厨房，把照片放在水槽旁边的橱柜上。妈妈正在那儿削土豆。她看了一眼，起初有点好奇，后来仿佛真的吃了一惊。

"是威尔·班克斯！"妈妈说。

"对啊，就是威尔·班克斯。"我笑着问妈妈，"他好看吧？"

我和妈妈花了很长时间一起看相版上所有的相片小样。照片上的威尔在点烟斗，接着抽烟，看着我，似笑非笑；然后他半靠在椅子里——这张照片有点失焦，当时他正往后靠，在焦距外面。那时我真该注意到这个问题。但是在下一张，他坐得直直的，刚好处于正焦，用饶有兴致的眼神看着镜头。我想起来他那时正在问我关于相机的问题,还问了我怎么取景。在最后几张照片里,他的眼睛越过我的镜头看向了远处,好像在想着别处的什么事。他一直在讲他以前有过的一部相机,现在那部相机还在,如果他能从小房间的阁楼里找到的话。他说相机是在德国买的,当时二战结束,他所在的军队驻扎在那里。这让我挺意外的。

"你当过兵?"我问他。我唯一知道当过兵的人就是那些从大学退学以后无所事事的男生。有时候他们会到我们镇上的家里看望爸爸,他们的发型很好笑。

威尔当时哈哈大笑,说:"我还是军官呢!你相信吗?士兵都给我敬礼!"他还神色庄重地敬了一个标准的军礼。我都拍下来了,就在这些照片里。

然后威尔又笑了,继续抽烟。"那个时候,我们都参军了,好像参军很重要。对我来说,最幸运的是我回到了家。那是一个夏天,我回来的时候,玛格丽特做了十个蓝莓派为我庆祝。我们连吃了三天蓝莓派,吃得都恶心了,但还有六个没吃。我想她应该是都送人了吧。"

他闭上眼睛,一边回忆,一边微笑。这就是相版上的最后一张照片。他的眼睛闭着,烟斗里冒出来的烟在

他头边形成了一条袅袅的白线，盘旋着，一直延伸到照片的顶端。

我用记号笔在六张相片小样上做了记号——我最喜欢的六张，每一张都各具特色。然后我回到暗房，把那天剩下的时间都用来放大这些照片了。我把每张照片都洗了两张，这样就可以送给威尔一套，我自己留一套。我很想知道他会不会因此而高兴呢。这些照片很不错，这一点我是知道的，爸爸妈妈也是这么说的，他们从来不对我撒谎。我想，用这种方式看自己的脸应该很有趣，你的表情被别人捕捉下来，你所有的情绪在上面展露无遗。

我拿着我的那套照片回了房间，把它们整整齐齐地钉在墙上，三张在上，三张在下。自从莫莉画了那条三八线，我已经尽量让我这一半房间保持更加整洁了。每次只要我这边开始乱堆成一团，莫莉就又画一次，只为让我知道三八线还在。

我走进屋钉照片的时候，她正躺在床上在笔记本上画画。

"你要是弄破墙纸的话，妈妈会杀了你的。"她瞥了我一眼。

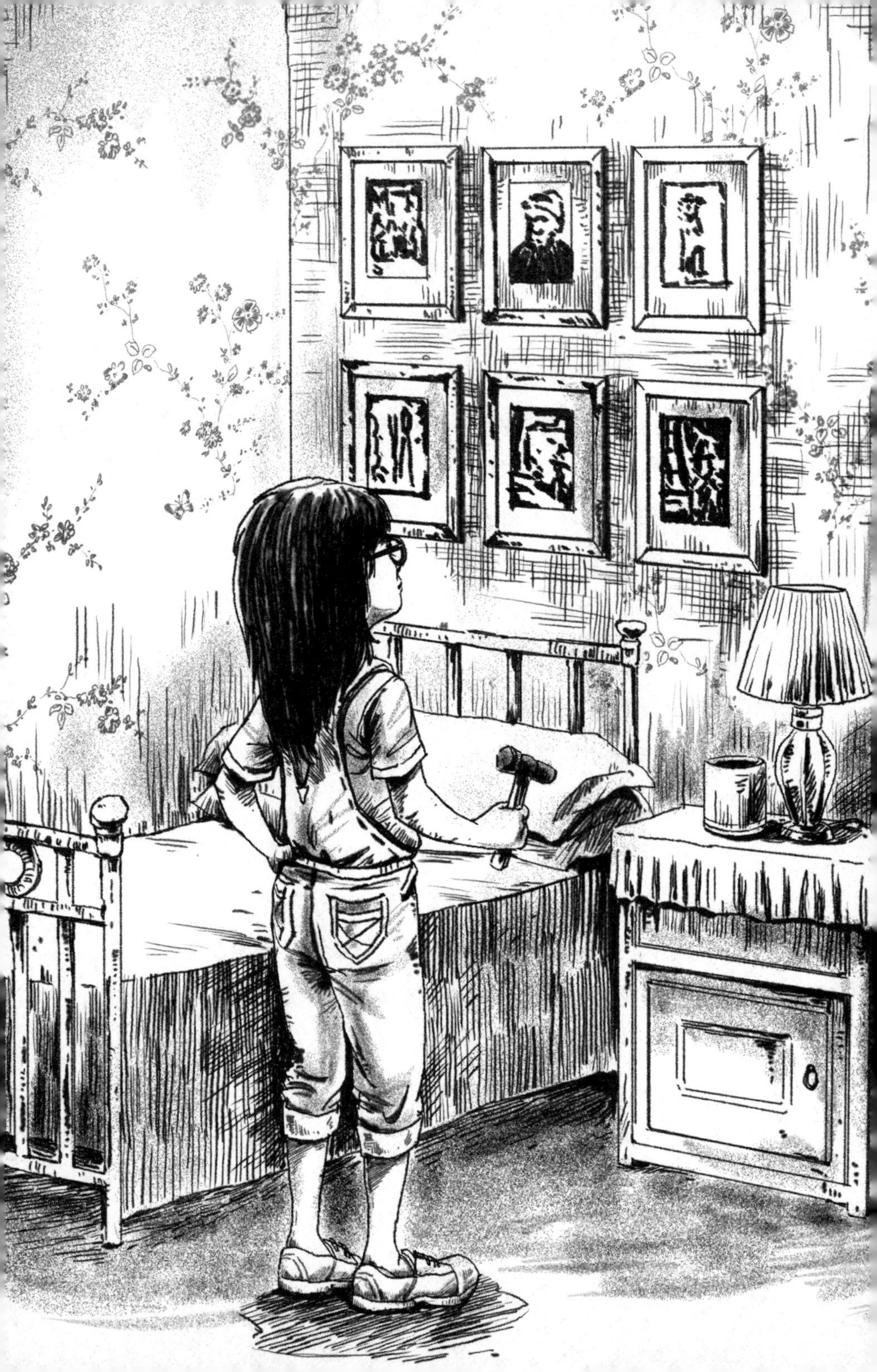

"知道啦。"其实，我俩都清楚妈妈才不会呢。妈妈很少发火，虽然有时会批评我们，可是那种认为她会杀人的想法真是太荒谬了。她是连只蚂蚁都不会伤害的。

"嘿，"莫莉突然坐了起来，看着墙上的照片说，"这些照片真棒。"

我朝她看去，想确认她是不是在开玩笑，但她没有，而是兴致盎然地看着威尔的照片。我看得出来，她确实觉得这些照片很棒。

"我喜欢那张，就是他望着远方微笑的那张。"她指着下面一排的一张照片说。

"他当时正在聊他的妻子。"我一边和莫莉一起看着那张照片，一边回忆道。

莫莉若有所思地坐了一会儿。她现在感觉好多了，就又恢复了美丽。她的头发又有了波浪卷。"真是太了不起了，不是吗？"她缓缓地说，"嫁给一个如此爱你的人，每次他想起你时，都会这样微笑。"

我还没有从这么个人的角度思考这个问题。老实说，我觉得婚姻这件事是极度无聊的。不过就在那一刻，我明白了莫莉的意思，我感觉得到那对她来说是多么重要。

"蒂尔尼一直都那样看着你。"

"真的？"

"真的。有时候你都不知道他在看你。上周五集会的时候，我看见他远远地看着你。记得吗？当时你和啦啦队成员坐在一起。他一直看着你，那样子就像照片里威尔的样子。"

"真的吗？"莫莉蜷着身子在床上傻笑起来，"我真高兴你告诉我这个，梅格。有时候我真不知道蒂尔尼的心里是怎么想的，感觉他关心的只有篮球而已。"

"好啦，他只有十六岁，莫莉。"突然，我意识到自己的语气听起来很像妈妈，于是我笑起来，莫莉也跟着笑起来。

"嘿，梅格，你看。"她一边说一边把笔记本递给我，"你真的是个艺术家，我就完全不会画画，你能帮我修改一下让它看起来好看一点吗？"

她一直在画新娘子。亲爱的莫莉从五岁开始就在画新娘子。坦白说吧，十年过去了，在画画上，她一点长进都没有。突然间，我觉得让她来画新娘子真是太吓人了。

我拿起圆珠笔，说："看着，你画的比例都不对。虽

然你用那些大捧的花挡住了胳膊,可是胳膊还是画得太短了。你得记住,在站立的时候,女人的胳膊应该摸得到大腿的一半。手肘的位置应该在腰那儿——你看,你画的手肘在胸的位置,所以才看起来不对劲。脖子也太长了,不过这没关系,因为细长的脖子看上去更迷人,服装设计师们就总是把脖子画得很长。如果你看过周日版的《纽约时报》上的广告画,就会看到——莫莉?"

"什么?"

"你不会是想要结婚了吧?"

莫莉生气了,把画拿了过去。"我肯定是想结婚啊,不过不是现在,笨蛋,是以后。你难道不想吗?"

我摇了摇头。"不想,我觉得我不想。我想当作家,或者是画家,或者是摄影师。可是我都只计划了我一个人,没有想和谁在一起。你觉得我有问题吗?"我是认认真真想问这个问题的,可这话太难问出口了,所以我在说的时候做了一个斗鸡眼,扮了个鬼脸,还哈哈大笑。

"我不觉得你有问题,"她没理会我做的鬼脸,体贴地说着,她这么做真贴心,"我想,我们只是有些不同罢了。"她把笔记本合上,然后和其他课本一起整整齐齐地放在书桌上。

"就好像你很漂亮,可是我不漂亮。"我指出。这句话真让人沮丧。

但我要为莫莉点赞,她没有假装说我说得不对。她说:"你会变漂亮的,梅格,等你长大一点。不过我不确定那又有什么关系,尤其是对你而言。看看你的才华,你的智慧。我就很笨,我有什么呢?真的,除了卷发和长睫毛,还有什么呢?"

我把事情给搞砸了。我本该知道她说这话时是真心实意的,莫莉从不故意骗人。可是她体会不到一个头发毛糙、眼睛散光的人听到这些话时的想法。她怎么会知道呢?就像我不知道长得漂亮是什么感觉,莫莉也体会不到长得不好看是什么滋味。

于是,和平常一样,我又发作起来。我站在镜子面前,摆出一副吊儿郎当的样子,阴阳怪气地说:"噢,我真可怜,除了一头卷发和长长的睫毛,我还拥有什么呀?"

她看起来既惊讶又受伤,继而陷入尴尬,恼羞成怒。最后,因为她也不知道如何是好,就抓起一叠试卷朝我

扔过来：这是典型的莫莉式行为，即便再生气，她也不会做真正伤害别人的事情。试卷撒得遍地都是，包括我这边的床上和地板上。她站起来看着这一团糟，过了一会儿，说道："这下这儿真成你的家了，东西乱七八糟，像个猪圈一样。"她冲出房间狠狠带上房门，可是没用，因为门又自己弹开了。

我也没收拾那些卷子，那天晚上我和莫莉各自睡觉，谁也没理谁。我俩都不擅长道歉，吵架之后莫莉过不了多久就会示好，我呢，我会等她先向我示好。我总是那个先挑起矛盾又死不认错的人。可是那天晚上我俩都没有停战的打算，在我为了不破坏她刚才扔的有关过去分词的练习试卷的现场，小心翼翼地爬上床时，她也没有对我笑一下，于是那天晚上我就在这一团糟中睡着了。

惊醒的时候，我不知道几点了，也不知道是什么吵醒了我，可是我莫名地觉得很害怕。我感到脊梁骨发凉，觉得一定有什么事情不对劲。那不是梦。我从床上坐起来，在黑暗中看了一下四周，驱走了睡意，可是那种有大事发生的感觉还是很强烈。法语试卷从我床上掉到了地板上，我听到它们滑落的声音。

我悄悄起身走到窗子边。春天就快来了，可是在新英格兰丝毫感觉不到一点春意，天气还是非常寒冷，外面的田野里仍然有雪。从窗子看出去，我能看见白色的雪。远远的，在谷仓那边，在松树林那头，空房子的一扇窗户上闪着光。我抬头看夜空，想确认是不是月亮反射的光，可是天上没有月亮。天空多云而黑暗。可是那里确实有灯光，在老房子的一角有一块长方形的光影，然后又在雪地上映出另外一块长方形的影子。

"莫莉。"我悄悄地说。想要把别人叫醒，却这么小声，真是蠢。

可是莫莉回答了，好像她早就醒了一样。她的声音听起来有点怪，惊恐而迷惑，好像她被什么东西抓住了，无法动弹。她说道："梅格，快，去叫爸爸妈妈。"

通常情况下，在莫莉叫我做事的时候我都会跟她唱反调，这是我的习惯，可是现在所有的事都不对劲了。她不是简单地叫我做什么，而是在命令我，并且她非常害怕。我跑出房间，在黑暗中穿过大厅，叫醒了爸爸妈妈。

"出事了，"我对爸爸妈妈说，"莫莉出事了。"

一般而言，夜晚只要打开灯就可以驱散一切恐惧，

起码我小时候是这么认为的。但现在我知道,并不是这样。当爸爸把我们房间的灯打开时,我看见了,看得清清楚楚。太刺眼、太可怕了!我转过身把脸埋在墙角,眼睛紧紧地闭起来,眼泪流了出来,可是我还是看得见。

到处都是血。莫莉两眼大睁着,眼睛里充满了恐惧。她用手捂住脸,想要止住血,可是血却一直流出来。血不断从她的鼻子里涌出来,流到床单上和地毯上,还溅到了她床后面的墙壁上。

我听见爸爸妈妈的动作很迅速。妈妈去了楼下大厅的壁橱,我知道她是去拿毛巾。我听见爸爸用低沉的声音,非常平静地对莫莉说一切都会好的。妈妈回到他们的卧室去打电话,我听见她拨号然后讲话。接着她下楼,出了门,随后我听见汽车发动的声音。"没事的,没事的。"我听见爸爸一遍又一遍用他沉着的声音对莫莉说着。我听见莫莉在哽咽啜泣。

妈妈进屋来,上了楼,来到我身边,我依然背对着房间站在那里。"梅格。"妈妈叫我,我转过身来。爸爸像抱小孩子一样抱着莫莉站在卧室门口,他是用毯子直接裹着她抱起来的,现在血缓缓地流到了毯子上。爸爸还在对莫莉说:"没事的,没事的,没事的。"

"梅格,"妈妈又叫了我一声,我点点头,"我们必须送莫莉去医院。你不要害怕。不过又是流鼻血罢了,只是这一次,就像你看到的一样,流得比较厉害。我们必须得赶快,你要和我们一起去吗?"

爸爸已经抱着莫莉下楼了。我摇摇头说:"我就待在家。"我的声音在发抖,觉得自己快要吐了。

"你确定吗?"妈妈说,"我们要去很久。要不要我给威尔打个电话,让他到这里来陪你?"

我又摇摇头,对妈妈说:"我没关系的。"这次我的声音稍微好了一些。

我能看出来她还是不放心,可是爸爸已经在车上等她了。于是我说:"妈妈,真的,我没事,你快去吧。我就在家。"

妈妈抱了抱我,说:"梅格,别担心。她会好的。"

我点点头,然后送她到楼梯口。妈妈下了楼。他们走了,我听见汽车开出去,开得很快。

家里唯一亮着的灯就是我房间的灯,那是我和莫莉的房间,可是我不能回那儿。我走到门口,但没有往里

看，然后伸手摸索着按了开关，关上了灯，于是整个家里全黑了。不过黎明就要来了，天空中隐约有了一丝亮光。我从爸爸妈妈床上拿了一条毯子裹在身上，去了爸爸的书房，就是那个小小的、我本想据为己有的房间。我蜷缩在他大大的、舒服的椅子里，用蓝色的毯子把我光着的脚裹住，然后望着窗外，哭了起来。

我难过地想，要是我下午没有和莫莉吵架，可能这一切就不会发生了。我知道不是这么回事。我想，如果在睡觉之前我能说一句"对不起"，可能这一切就不会发生了。我知道也不是这么回事。如果我们没有搬来这里住，如果我能把我那一半房间收拾整齐……

我对自己说，这些统统说不通。

当太阳的第一缕光线终于从小山后面出现，把雪染上颜色时，田野也慢慢变成了粉红色。我有些吃惊，居然天亮了，感觉太快了。自从我在黑暗的卧室里听见莫莉惊恐的声音起，我第一次想起老房子里的灯光。我真的看见了吗？现在，一切都变得不真实，好像全都是一场噩梦。在粉红色的田野那边，在渐渐亮起来的天空的映衬下，那座灰色的房子显得非常晦暗，所有的窗户都又黑又静,仿佛是守护者的眼睛。

可是我知道在贴着蓝色花朵墙纸的房间里,血还在,我知道这不是一场梦。我独自一个人待在家里,爸爸妈妈带着莫莉出去了,莫莉漂亮的卷发被血凝成一团,身上的毯子被血染红了。出事的时候,我浑身颤抖,无比恐惧,死死地闭着眼睛站在墙角。那时,我感觉度日如年——我没法再描述了——那一切真的发生过。所以,我的确也看见了田野对面窗子里的灯光。我还记得我站在那儿,看见了雪地上的反光,我知道那也是真的,虽然这已经不太重要了。我闭上眼睛,在爸爸的椅子上睡着了。

## 第五章
# 肉豆蔻彩蛋

我做了两个节日彩蛋,一个给威尔,一个给莫莉。老式的彩蛋就是把鸡蛋煮熟,然后用带醋味的颜料涂上颜色,可是涂出来的颜色永远都不是你想要的。我做的可不是老式彩蛋。莫莉和我小时候总做彩蛋,做好几十个,但从来不吃,结果都坏掉了。

我这次做的彩蛋很特别,而且只做了两个。我先把两个白皮鸡蛋的蛋清蛋黄都弄出来,只剩下蛋壳,蛋壳很轻很容易碎,我花了好几个小时在房间里给它们上色。

给莫莉的彩蛋是黄色的,一半是因为黄色让我想起她金黄色的头发,一半是因为爸爸妈妈告诉我她住的病房是沉闷的灰色,我想黄色能让她的病房有一些色彩。然后,我用最细的画笔在浅黄色的蛋壳上画上细细的、弯弯的金色线条,然后在金色线条中间画上蓝色的小花,花心则是白色和金色的。这花了我很长的时间,因为蛋壳很容易碎,要画的图案很小、很精细,可是这很值得。当我画完时,彩蛋真的很漂亮。我给它刷了一层清漆让它闪闪发亮,同时也让它固色。等它干了,我用棉花把它包起来,放在盒子里,妈妈开车去波特兰看莫莉时带给了她。彩蛋起到了作用,我的意思是,彩蛋确实让病房有了一些活力。妈妈是这么说的。

莫莉好了很多,下个星期就可以回家了。最开始她的情况很糟糕。他们首先给她输血,等她感觉略好一些,他们决定做很多检查,找出到底是什么毛病,这样她的鼻子就不再流血了。为此,他们甚至找了专家来会诊。

你可能会觉得医学已经那么发达了,他们一定能够很快找出病因,并把她治好。我是说,流鼻血的问题!那有什么大不了的?她又没得什么神秘的热带疾病之类的。

可是首先，妈妈说，医生把血输进她的身体之后，又把血抽了出来进行检查。之后他们还检查了她的骨头里面，又照了X光。再后来他们觉得已经搞清楚了流鼻血的原因，可是又在各种各样的药上瞎耽误工夫，他们得试试哪种才是最有效的。有一天爸爸妈妈回来后告诉我，医生给莫莉的脊柱里注射了一种特效药。我听了以后觉得毛骨悚然，同时觉得非常愤怒，因为我觉得他们纯粹就是在拿她做实验。老天呀！那个时候他们终于查清了病因——她的血凝不住——所以他们就该给她用治这种病的药，然后送她回家呀。可是不，他们反而瞎折腾，尝试了各种药物，让她在医院里待了那么长时间。

爸爸妈妈对整件事的表现相当奇怪。他们也像医生一样，不再把莫莉当成一个大活人来看。他们说起莫莉时，仿佛她就是一个医学标本。从医院回家后，他们就非常冷静地谈论名字很长的药品：这种药是不是比那种药好。他们讨论着药物反应、副作用和禁忌，很难相信他们是在谈论莫莉。

我尽量忍着不说话，可是有一天晚上吃晚餐时，他们一直在说一种叫环磷酰胺的东西。我和他们一起坐在椅子上,我想说点其他的事情,比如我的暗房、我好不容易做的复活节彩蛋,以及学校要放春假了,我的假期计划。说什么都好,只要别再说环磷酰胺,这个东西我一点都搞不懂,甚至连读都读不好。

"别说了!"我生气地说,"别再说了!要是你们想说关于莫莉的事,就说说莫莉,别说那些愚蠢的药!妈妈,你甚至都还没有交莫莉去露营的申请书!申请书还在你的桌上!"

他们的样子看起来好像我向他们扔了什么东西,不过这招确实有效。在那之后我就再没有听到环磷酰胺这个词了,过了一会儿他们说起了别的事,仿佛生活又恢复了正常。莫莉很快就要回家了,她已经好多了——没有再流鼻血。她吃了好多好多药,所以她的问题用药就可以解决啦。她回家以后,还需要再吃一段时间的药。这就对了!医生在她刚住院的时候就应该找出那种药,这样就可以早点送她回家了。

既然他们没能早点送莫莉回家,那就只好由我来做复活节彩蛋鼓励她啦。我给威尔也做了一个。威尔的彩蛋是蓝色的,非常特别,和莫莉的不一样。我想了又想该画什么图案，最后我查了百科全书，找到一幅肉豆蔻的图片。因而，我在送给他的彩蛋上画满了小小的肉豆蔻花，橙色、棕色和绿色的花朵在蓝色的背景下缠绕在一起，组成了非常复杂的图案。我给这个彩蛋也刷了清漆，包装起来。在复活节的那个星期天早晨，我拿着装有彩蛋的盒子和装着送给他的照片的信封，沿着小路朝他家走去。

自从莫莉生病以后，我就没有见过威尔。刚开始的时候，情况实在是太复杂了，爸爸妈妈大多数时间都待在医院里，做饭的活儿大部分只能由我来做。后来莫莉好了一些，爸爸必须得加倍努力赶工写作，因为莫莉病重的时候他完全不能集中精力来写。出于同样的原因，我发现我也没法用心完成我的作业，所以我也必须抓紧时间赶上进度。

好在所有的事情最终都平静下来了。放假了，莫莉也好转了，就连外面的稀泥都干了不少。晚上的时候还是很冷，当我路过田野对面的老房子时，我发现老房子门前的车道上还有冻住的轮胎痕迹。

这是我想见威尔的另外一个原因。自从那个可怕的晚上，我第一次在老房子里看见灯光，那里陆陆续续又发生了其他的事情。没有什么比那天晚上的灯光更神秘的了，直到现在我依然很好奇。偶尔会有一辆车停在那儿，早春来临，积雪融化，车道上因此形成的稀泥已经全部清扫干净了。有时候，在很安静的白天，我还能听到从那里传来的锯子和榔头的声响。有一次，我还看见有一个人在房顶上干活。很明显，有人在准备搬进去住。我问爸爸是不是威尔的外甥已经得到允许把老房子改建成旅馆，可是爸爸说他没有听到什么消息。不过爸爸也指出，他实在太忙了，根本顾不上别的事情，就算有宇宙飞船在田野里着陆他也注意不到。

威尔又钻到了车子的引擎盖下面。我真该带着相机来。要说威尔的哪个形象让我印象最深刻的话，那一定是钻进卡车引擎盖啦。

"又是电池的问题吗，威尔？"我一边大声问，一边朝他走过去。

威尔站起身来，咧开嘴笑了。"梅格！我正想着要是有人来喝杯茶就好了，实际上，我已经把水烧上了，我真高兴命运把你，而不是把克拉丽丝·卡拉威送来了。

她说要来这儿都说了好多年了,我一直担心看见她戴着周日帽,手抓着一把过期借书证的身影出现在这条路上。"

我咯咯地笑了起来。克拉丽丝·卡拉威是村里的图书管理员,今年已经八十二岁了,我可没有暴露她的秘密哦,因为每次人家对她做自我介绍时,她都会说自己八十二岁了。她也是历史保护协会的负责人。爸爸说这真令人啼笑皆非,因为克拉丽丝本人就是这方圆几里被保护得最好的历史纪念碑。而且,克拉丽丝暗恋着威尔。威尔说,每次他去图书馆,克拉丽丝就会躲进卫生间,等她再出来时,脸颊上就会抹上鲜艳的粉红色胭脂,看上去就像他姐姐小时候那个法国洋娃娃一样。

他叹了口气,在破布上擦了擦手,说:"这次是水箱的问题。冬天是电池问题,到了春天又轮到水箱。夏天呢,轮胎又磨平了。有时候,我会考虑买辆新卡车,不过转念一想我又得学习应付一系列新问题。现在嘛,我起码知道每到四月,水箱软管会爆,引擎会过热。和对手战斗之前,还是先了解它的底细比较好,对吧,梅格?"

"对。"我表示同意,虽然我并不确定我是否愿意面对任何对手或麻烦，不管是已知也好未知也罢。

"进屋去吧，"威尔说，"我有一个惊喜给你。"

不过我率先把自己准备的惊喜送给了他。当威尔给我俩倒上茶后，我打开了那个大信封，拿出了照片。我把六张照片依次放在餐桌上，看着威尔一张一张地拿起来看。他没有笑，也没有脸红，也没有说"噢，我看起来真糟糕"。小孩子们看自己的照片时，通常会这样。我知道他不会。他把每一张照片都拿起来仔细地看，有时微笑，有时若有所思。最后他选出了我最喜欢的那张：他闭着眼睛，烟斗里冒出的细细的白烟一直飘到照片的顶端。他拿着照片走到窗边去看，那里的光线更好。

"梅格，"他终于说话了，"这些照片都非常、非常好，我相信你也知道这一点。我觉得不管是从构图、快门的速度，还是光圈的调校来说，这张都是最好的。你看，脸部的线条非常清晰——你的小相机镜头非常棒——可是因为你调慢了快门，所以烟的线条略略有些模糊，但这恰好呈现出了它本来应有的样子。烟本来就是转瞬即逝的，你捕捉到了精髓，同时脸部的清晰度也没有损失。这张照片非常棒。"

听他说完，我怎么都想哭了呢？我甚至没听懂转瞬即逝是什么意思，可是我的心里像是翻滚出了热巧克力汁——甜甜的、暖暖的，浓得以至没办法一次喝太多。那是因为一个真正的朋友，就某种对我来说比任何事情都重要的东西，正有着和我一模一样的感受。我想，有的人可能终其一生也不会有这样的感受。我坐在那儿，双手握着暖暖的茶杯，望着威尔微笑。

"梅格，"他喝了一大口茶，然后突然说，"我们来做笔交易！"

我大笑起来。在学校的时候，同学们也会跟我说这句话，这意味着他们想抄我的代数作业，作为回报，午餐时我可以吃他们的奶油夹心面包。

"记不记得我告诉过你，以前我在德国买过一部相机？"

我点点头。

"那部相机很不错。做工非常精良，这不会因为时间久远就变差。我也不知道为什么这么长时间我没再用它，可能是因为玛格丽特走了以后，我对很多事情都失去了热情。而那种状况，"他粗声粗气地说，"是她最不想看到的事情。"

"我要去阁楼里把它找出来。一部相机，四个镜头，还配有一套滤光片。我想让你来用它。"他接着说。

我心里的热巧克力汁又翻滚起来。我自己的相机只有一个不能取下来的镜头。我读过关于使用其他镜头和滤光片的文章，只是从来没有机会尝试。

"我不知道该说什么才好，"我实话实说，"我该怎么回报你呢？"

"噢，这个你就不用担心啦！"威尔笑着说，"我说了我俩要做笔交易，我怎么会便宜你呢？作为回报，我想请你教我使用暗房。在你用我的相机时，你得把你的小相机借给我用，我们还要制定一个规范的课程表。我得提醒你，我已经很久没有学过任何新东西了。不过我的视力很好，手仍然很稳。"

"可是，威尔，"我叹了口气，"我才十三岁！我从来没有教过任何人任何东西！"

威尔一脸严肃地看着我说："亲爱的梅格，莫扎特写出第一首曲子时只有五岁。在大多数情况下，年龄并不代表什么。不要小看你自己。现在，成交吗？"

我坐在那儿,盯着我的空杯子看了一会儿,然后我握住了他的手。他说得对,他的手坚定有力而且很稳。我说:"成交。"

我想起了复活节彩蛋。现在看来它似乎有点可笑,可我还是拿出来送给了他。他特别郑重地拿起彩蛋观察上面的图案,看清楚了以后,他的眼睛一下子亮了。

"月桂,木樨属,"他一本正经地说,"是肉豆蔻,对吗?"

我笑着点了点头,说:"我不知道月桂、木樨什么的,不过这确实是肉豆蔻。你说对啦。"

他把彩蛋放进一个浅锡碗里,拿着碗走进了客厅。然后,他把锡碗放在了靠窗的一个小松木桌上,我们站在屋子里一起看着它。彩蛋的蓝色底色和那条东方地毯的蓝色是一样的,而彩蛋上的锈色和绿色则与木制家具、窗帘和精心种植的植物的颜色相应和。用不着威尔开口,显然彩蛋摆在这里很合适。此刻,四月的阳光从窗户上倾泻而下,照着锡碗和椭圆形的彩蛋,在抛过光的桌子上映出了它们的轮廓,又照亮了地毯上一个长方形的圆桌。我们就那样一起看着它。

"好啦,"威尔说,"我得去修我的水箱了。"

我已经走到了泥泞的车道尽头,而威尔的头也钻进了引擎盖下面,突然,我想起一件事,于是又返回去大声对他说:"威尔,我忘了问你关于大房子的事情啦!"

他抬起头来抱怨说:"我也忘了要告诉你惊喜啦!"

于是,我又回到威尔家。我坐在屋前的台阶上挠着提普的耳朵,威尔把水箱扯了出来。"老家伙,坏掉咯,"他对着水箱说,"你怎么每年春天都来这么一出呢?"然后,他告诉了我关于大房子的事情。我的疑问,恰好就是他要说的惊喜。

"上个月,"他说,"我就跟现在一样在修车。当然,那个时候是电池出了问题。有一对年轻夫妇开车过来,向我打听那栋房子的事情。

"去年,起码有十个人跟我打听过那栋房子,不过他们都不合适。别问我为什么觉得他们不合适,我就是能感觉出来。不过当这对年轻夫妇——本和玛利亚,这是他们的名字——从车上下来,我就觉得他们是合适的人选。

"本帮我清洗了电池的导线,玛利亚去厨房给我们三个人沏了茶。等我和本洗了手喝完茶，我就把房子租给他们了。当你遇到合适的租客时，事情就是这么简单。

"他们没什么钱。本还是个学生，在哈佛读书，他说他想在夏天找个安静的地方住，写论文。"

我叹了口气。接下来的事情，你懂的，整个村子都能听到烦人的打字机的声音啦。威尔笑起来，他也想到这点了。

"作为夏天住在那里的回报，他们得把房子收拾一下。我把房子租给他们之后，一到周末，本就来做修理工作。屋顶要修，电线要修，水管也要修。当你上了岁数又没人照顾你时，你就知道那种情形是什么样了。"

我们一起大笑起来。我已经能够断定我会喜欢本和玛利亚的，因为威尔喜欢他们。

"玛利亚准备等土解冻了之后建一个花园，"威尔接着说，"我想，他们应该很快就会正式搬过来。我跟他们提过你，他们期待着你能去做客，梅格。"

接下来威尔欲言又止，这是我第一次看见他这个样子。"可是我忘了问他们一件事。"他说。

"什么事？"

回答之前他朝周围看了看，样子有点窘。最后他说："我忘了问他们结婚没有。"

我爆笑起来。"噢，威尔，"我说，"你觉得那要紧吗？"

他的样子，看起来好像他从来没有觉得那不要紧。"怎么说呢，"他终于说，"我能告诉你的就是，玛格丽特会介意的。不过呢，我觉得你应该没错，梅格。我觉得我不介意。"

然后他在破布上擦了手，咧嘴笑着说："不过，对他们的孩子来说，还是挺要紧的。看情形，今年夏天他们就会有小宝宝啦。"

小宝宝。对于这件事情，我觉得有点奇怪。我不是很喜欢婴儿，莫莉喜欢得很。她说她将来起码要生六个小孩，尽管我一直在对她说这简直太荒谬了。

那天晚上，我在电话里把这个消息告诉了莫莉，对于在田野对面的房子里要有一个小婴儿这件事，她激动万分。她的声音听起来挺不错的，比她刚生病之后那段时间还要有精神。我经常给她打电话，有时候她的声音

最后的夏天 77

听起来很疲倦、很沮丧。但是现在她感觉又好了，并且期待回家。

"待在这儿太难受了，"她说，"虽然这里有几位帅哥医生。"

对此我大笑不已。如果她注意到了医生的长相，那表示她又恢复了正常。

我告诉她威尔有多喜欢那些照片，他还打算让我用他的德国相机。

"嘿，梅格，"她说，"能帮我个忙吗？"

"没问题。"通常情况下，在不知道到底要帮什么忙之前，我不会说没问题，可是，见鬼，谁让她生病了呢？

"等我回来以后，你能帮我拍照吗？我想要拍一张特别好看的。"

我说："莫莉，我会把你拍得像个电影明星。"她咯咯地笑了，然后挂了电话。

第六章
# 春天里的第一把柳枝

威尔·班克斯正在学习如何使用暗房,他很棒。本和玛利亚搬进了那栋房子,他们人非常好。莫莉回家了,她现在简直让人无法忍受。

好吧,就像他们说的,三件事里有两件还不赖。

我觉得莫莉变成这样谁都不太想真的怪罪她,毕竟她确实生了很重的病,没有人比我更清楚这一点。她流着鼻血躺在床上的样子,我觉得我一辈子都忘不了。

很显然,莫莉已经习惯了像在医院时那样,成为众人关注的焦点。所有专家都围着她转,谁不想那样呢?她现在已经回家,应该是康复了——要不然医生怎么会让她出院呢?——可是她还表现得好像大家都应该随时听她吩咐似的。而爸爸妈妈居然容忍她这样,真是太令人惊诧了。

她回家后的第二天,吃午餐的时候她问:"我可以吃金枪鱼三明治吗?"当时她躺在厨房的沙发上,那个姿势就像当月的《花花公子》里的女郎,只不过她穿的是牛仔裤和T恤衫。

"要生菜吗?"妈妈忙不迭地一边去拿面包和蛋黄酱,一边回答。我的天,要生菜吗?要是在两个月前,妈妈准会说:"小姐,自己动手,丰衣足食。"现在,妈妈对我还是会这么说。

可是最后,莫莉还是没有吃三明治。她走到桌前,咬了两口,就又躺到沙发上去,说她其实一点都不饿。

"你确定还好吗,亲爱的?"妈妈问。

"别烦我了,行不行?"莫莉说完冲回房间,狠狠地甩上了门。门自己又弹开了,她就是记不住我们房间的门是没办法用来发脾气的。然后,她睡了整整一下午。

莫莉以前从不这样。我以前倒是会这样，偶尔吧，而且我挺讨厌自己这样的。现在莫莉这样，我不喜欢，起码我不喜欢发生在她身上，让她变得和以前不一样的那些事情。

爸爸妈妈一句话都没说，这也和以前不一样。以前，要是我和莫莉谁不高兴了，妈妈就会说一些或是做一些我俩都能懂的、有趣的事逗我们笑，用一种很轻松的方式让我们忘记刚才的不愉快。而爸爸就会比较严厉，他说他没有时间浪费在发火这件事上。"规矩点。"他会这样说。于是，我们就乖乖听话，因为他不会给我们别的选择。

可是，现在莫莉表现得这么糟糕，妈妈却不逗她开心，爸爸也不动用家法。相反，妈妈还为此变得焦虑和困惑，这让事情更糟糕了。爸爸变得紧张而沉默，一言不发地去了书房。这种感觉，就好像是一个讨厌的陌生人住进了我们家，没有人知道该怎么应对。

我觉得，莫莉之所以性情大变，其中一个原因是她的样子看起来不太好，要知道漂亮对她来说是最重要的。但她在医院的时候瘦了一些（她说是因为医院的伙食太

差了），所以她的脸比以前要小，而且变得更苍白了。我觉得她脸色那么苍白是因为需要输血，而红细胞要生长起来应该要花些时间吧。

对莫莉来说，最糟糕的是掉头发。爸爸妈妈说都是因为她吃的那些药，副作用之一就是掉头发。我对她说有些药的副作用更吓人，比如会让鼻子掉下来，可是没有人觉得这个笑话好笑。妈妈对她说，等她不吃药了，她的头发还会长出来，而且比以前更浓密，有更多的波浪。可是妈妈说话时，莫莉只是盯着梳子上一缕缕掉下来的金发，用一种极其尖酸的语气说："好得很。"于是，妈妈又说，如果掉发更严重的话，他们就去给她买一顶假发。结果，莫莉说："真恶心。"然后她又冲回了我们的卧室。

所以，现在我们家的气氛很不好。莫莉要长点肉，气色好一些之后才能继续上学。她说，如果她的头发继续掉的话，她就无论如何也不去上学了。爸爸妈妈不太提起上学的事。我感觉得到，他们对整件事都感到很难过。

时间会解决一切的。我知道，只要我们耐心等待，所有的事都会恢复到从前的样子。

威尔·班克斯对莫莉很好。他每周有三个晚上在我家的暗房里忙活,每次来的时候,他都会给她带点东西:一本从图书馆借来的书、一块糖,或者是类似的小东西。有一天晚上,他拿来了一把他在自己家后面找到的褪色柳的柳枝。那是春天里冒出来的第一丛柳枝,莫莉非常兴奋。这么长时间以来,这还是我第一次看到她因为某件东西真正感到开心。

"噢,威尔,"她温柔地说,"它们真美啊。"她用脸轻轻地蹭着柳枝,仿佛蹭着小猫。我们当时都坐在厨房里,我找了一个花瓶,往里面倒了些水。

"别倒水,梅格,"威尔说,"如果把褪色柳插到水里,它们会开花,然后死掉。直接插在花瓶里就可以了,它们会一直漂亮下去的。"

我不懂的事真多。我把没有装水的花瓶递给莫莉,她把褪色柳在花瓶里摆好,然后拿到楼上我们的房间里,放在她床边的桌子上。那天晚上,等我们都上了床,莫莉睡着后,我朝她那儿看,月光照在桌子上和她的身上,在她身后那面墙上,映出了褪色柳的影子。

威尔那么博学广知其实一点都不奇怪,因为他有超强的记忆力。当我们一起开始在暗房工作时,我给他演示了一下冲洗胶卷底片的基本步骤。我只给他示范了一次，然后七十岁的威尔就独自冲洗了一卷胶卷。那是他用自己的相机拍的，拍的是他的卡车和狗，他想在把相机交给我之前，确认一下能不能正常使用。他记住了所有的事情：温度、化学制剂的比例、精确到秒的定时。他的底片都很好，不过画面不怎么样，用他的话说"就是练练手，再次找找用相机的感觉"。不过从技术的角度来看，它们是完美的，冲洗得恰到好处。

威尔有很强的好奇心。当我看到他学会了冲洗胶卷底片以后，就准备进入下一个步骤，洗照片。可威尔说："等等。如果我在冲洗胶卷的时候，有意把化学制剂的温度弄得过热会怎么样呢？如果我没有充分混合，或者过度搅拌化学制剂呢？如果我在拍照的时候曝光不足的话怎么办呢？梅格，我可以在底片成像的时候进行曝光补偿么？也许可以通过延长冲洗的时间？"

我想了一会儿。我从来没有想过这些问题，其实我应该想到的。当然是可以进行曝光补偿的吧。

"我从来没有尝试过，"我边想边说，"但我觉得是可以的，应该有专门讲解这些的书。让我——"

他打断了我。我发现他也是很没耐心的，而且凡事不求人。"噢，去他的书本吧，梅格，我们自己来寻找答案吧。我们来做实验。有些人为了写书，肯定找到过答案。我们为什么不能也这么做呢？"

说干就干。星期一、星期二和星期三的晚上，我们俩分别照了几卷胶卷，照的时候刻意地曝光过度或者曝光不足。星期三晚上，我们用不同的方法冲洗胶卷，有的改变温度，有的改变成像时间，有的搅拌程度不一样。我们成功了！我们明白了如何精准地去修补底片的各种问题，如何增加对比度，或者减小对比度。我和威尔就是一对神奇搭档。

三个小时之后，当我和威尔一起走出暗房时，妈妈正在厨房里做她的被子。她抬头笑了起来："你俩在暗房里听起来就像两个疯子，大呼小叫的。"

我也笑起来。我们确实大喊大叫来着。我冲威尔吼："别把胶卷在显影剂里放太久，你个笨蛋，你会毁了它的！"

"我就是要毁了它！"威尔吼回来，"这样我才能知道如何做得更完美！要是不冒险的话，你怎么可能学到新东西呢？"

可是，说好是我来教他的呀。

那天晚上，威尔在回家之前，坐下来喝了一杯茶，他对妈妈说："莉迪亚，天才都不拘小节。如若喊叫卓有成效，但喊无妨。"

妈妈一边笑着，一边剪断一个线头，她又缝好了一块红白条纹的布料，那是从我三岁时穿的一件防晒衣上剪下来的。妈妈很喜欢威尔，她说："好吧，我已经和充满创造力的天才住在一起足够久了，早就明白这一点。查尔斯有时候会冲着他的打字机大喊大叫，你知道吗？"

威尔咬着烟斗，非常严肃地点了点头，说："哦，我相信。我觉得人偶尔对着打字机大喊大叫是非常必要的，有时候机器就是需要你那样给它们立规矩。就在今天我还冲我的卡车水箱吼来着。"

妈妈微笑着在被子上量好一块新布料。看见妈妈变得又像以前一样轻轻松松地微笑真好。"你的家庭作业呢，梅格？"妈妈问，"你不会也不拘于家庭作业吧？"

我抱怨了一声。其实我和以前一样，功课一直没有落下，只是突然间，代数和美国历史与正在发生的事情比起来变得特别无聊。下个月这学期就结束了，我真开心，这样我就可以多花点时间在摄影上了。那时候莫莉也应该完全康复了，日子就会更好过啦。我还可以经常去见本和玛利亚。

在他们刚刚搬进去的时候，威尔带我去过一次。莫莉也去了，她居然也想去，这让我很吃惊，因为她总是特别介意自己的外貌，绝大多数时间都待在我们的房间里。不过当我问她去不去时，她说管他呢，反正也没有别的事好做。

那是一个阳光灿烂的星期天下午，我们三个穿过田野，到处都是植物生长的气息。本来是可以走大路的，不过我们都觉得在那种天儿穿过田野似乎更棒。野花开始开放了，它们总是带给我惊喜。每一年，冬天仿佛都永远不会结束，甚至在镇上也是这样。当你都放弃抵抗那几乎永不消失的灰暗时，突然之间，那些鲜艳的黄色、紫色和白色的野花就会开遍田野，让你意识到其实它们已经潜伏很久了，一直在等待绽放。

威尔拄着一根很沉的拐杖，他走路的时候有时会用到它，尤其是走石子路时。我们一边走，他一边用拐杖给我们指开在田野上和树林林荫里的那些野花。

"小银莲，卷耳，加拿大草茱萸，山梗菜。"威尔说。我和莫莉看了他一眼，相视一笑，什么也没说。

"桔梗草。"威尔用拐杖指着一种铃铛形状的淡黄色小花继续说。

"你能把那个花名快速地连说三遍吗？"莫莉问他，说完哈哈大笑。

"可以啊。"威尔也冲她笑。

我突然认定威尔其实是在逗我们玩儿。于是，我冲他大声说："那些花名都是你编的吧，威尔！你这个大骗子！你刚刚把我也骗了！"

他微微地低了一下头，傲慢地看着我，不过他的眼睛眨了眨。

之后他用拐杖拨开树丛，指着一丛紫色的小花，没有理我，而是对莫莉说："这叫雀爪堇菜，之所以叫这个名字是因为它的叶子看起来像小鸟的爪子。莫莉，你相信我，对吧？"

莫莉大笑起来。阳光照在她稀疏的头发上，自她生病以来，她的脸颊上第一次有了红晕。她微笑着说："我也不是很确定，威尔。我想我是相信你的，不过到现在

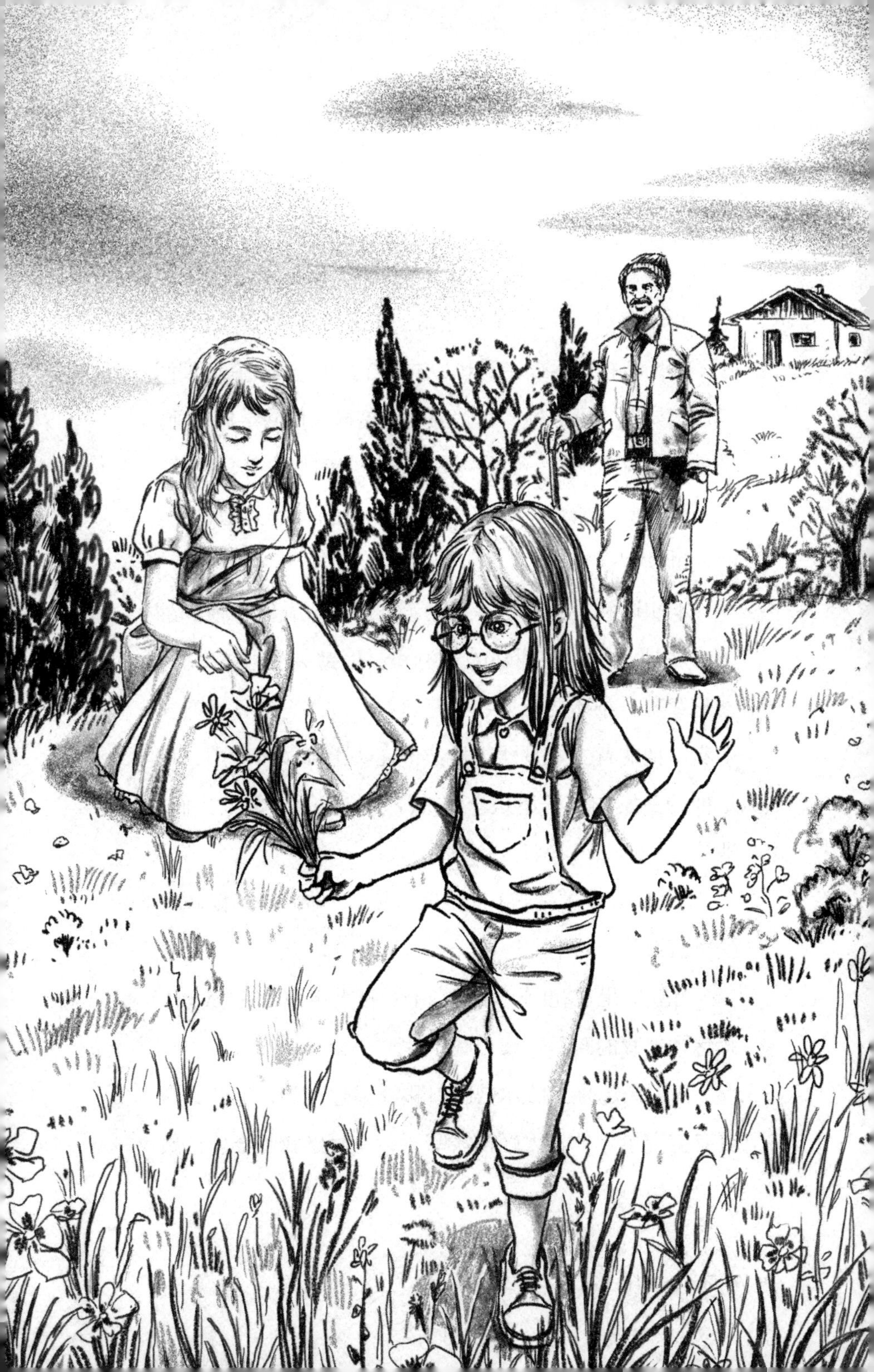

为止，我认得出来的野花只有秋麒麟草。"

威尔点点头，说："黄花属。在这儿非常常见，一种了不起的植物，不过要到七月才能看到它开花。在此期间你应该研究一下其他的花，莫莉。这样在你回学校之前，你就一直有事情做，而且呼吸新鲜空气对你也有好处。"

莫莉耸了耸肩。她好像并不喜欢别人提到她的病。我们继续往前走。

本和玛利亚在屋后，正动手开辟一片花园。他们翻了一块地，本站在翻好的土中间，用锄头把土块敲碎。他只穿着一条褪了色的、还打着补丁的牛仔裤，没有穿上衣。他的背上全是汗，虽然他在头上绑了条毛巾，可是他的头发和胡子还是全都被汗水打湿了。看见我们，他笑起来。

"啊！救世主来啦！"他大声说，"你们是来拯救我脱离苦海的，对吧？"

"错，"坐在花园一角的一个女孩大声说，"别救他！我想种上我的豌豆。嗨，威尔！"

我大笑起来。威尔曾随口和我提过一句，他们好像要有宝宝了。他也太轻描淡写了，有时候我都会忘记威尔已经七十岁了,他在一些事情上非常害羞。玛利亚的肚子已经好大好大了,我觉得我们都需要立刻烧水准备接生了。

她盘腿坐在地上,肚子放在膝盖上。她穿着一件没有袖子的男士衬衫,胳膊露了出来,晒得很黑,腿也是。衬衫的扣子扣上之后,能勉勉强强包住她,中间的扣子已经快被她的肚子撑开了,眼看就要崩掉。我真希望她有一件再大一点的衣服,或者宝宝快点出生。感觉宝宝在和扣子赛跑,我既不懂生宝宝,也不会做针线活儿,所以我也说不好到底谁会赢。

玛利亚深色的长辫子垂到背后,她微笑着看着我们三个,也看着本,他还倚在他手中的锄头上。

"我想让你们见见我的两位朋友,查莫斯家的梅格和莫莉,"威尔说,"梅格就是我之前给你们讲过的那个摄影师,莫莉是啦啦队队员,不过现在我得改称她为植物学家啦。姑娘们,这是本·布兰迪,这是玛利亚。"

玛利亚伸过手来和我们握手,说:"玛利亚·安博特。"我眼角的余光瞥见威尔微微往后退了一下。莫莉倒是没觉得有什么不好,她对宝宝太感兴趣了。

"宝宝的预产期是什么时候？"莫莉问，"您不会介意我这么问吧？我就是很喜欢宝宝。"

在花园里，本正在狠砸一个土块，那里面明显有块石头。他抬起头来咧着嘴笑，眼珠一转说："她会不会介意你问她？莫莉，你得有心理准备啊，可能要聊上一个小时、两个小时，或是三个小时。她聊起来总这样！我记得有一次——说起来也不是很久之前——我和玛利亚过去常常聊关于书、音乐、天气和政治之类的小事情，有天晚上吃完晚餐，我们坐下聊天，倒了两杯茶，放上了贝多芬的音乐，开始聊起了尿布。"他抱怨起来，可是他看着玛利亚的眼神是充满爱意的。

我们都笑了起来，连玛利亚都笑了。她抓起一把草轻轻扔向他，说："锄你的地吧，孩儿他爸。莫莉，跟我到屋里去，我带你去看我重新修补好的摇篮。"

她笨拙地站了起来，站定之后说："看！"她把肚子上的衣服捋平，好让我们看见她的肚子到底有多圆。"要到七月才会生，你们相信吗？我的肚子太大了，简直不可思议，不过我确定，确实是七月，没错。你们知道怎么算预产期吗？很简单。在末次月经来潮的日期上加上七天,然后——"

我赶紧和威尔说话,因为我看见这个对话让他很尴尬。玛利亚和莫莉进屋去了,本放下了锄头。他带我们去看他在车道旁边砌起来的一面矮墙,用的是从地里翻出来的石头,他还带我们看了他正在修理的房顶。我们转悠了好长时间,一直在讨论老房子还需要哪些修缮。威尔给我们讲他小时候老房子的样子,本想怎么才可以还原成以前那样。最后我们在厨房门边的一块空地停了下来,威尔说以前那里种着很多花,以及他的祖母怎样用洗碗水来浇花,所以这里的花总比别的植物长得更大更壮。

"那是当然啦!"本说,"可能洗碗水里面含有食物的残渣,全都是有机物。她无意中在给那些花补充营养。这个办法好,真的很棒,我们也该试一下。我觉得我们可能在这儿种些香草,玛利亚想要一个香草植物花园,想得要命。'欧芹、鼠尾草、迷迭香和百里香'。"然后,他唱起《斯卡布罗集市》,唱得都不在调上。

威尔看起来对本和玛利亚的事情有点迷惑。不过我看得出来,他喜欢他们。而且对于房子的修整他也很开心,这个我也看得出来。

玛利亚给每个人都准备了冰茶,我们走进了屋子。屋子里杂七杂八地放了些家具,大多数都脱漆了。玛利亚忙着修补每一样家具。屋里有一架老纺车,玛利亚说她要学纺线。摇篮已经差不多修补好了。还有一把安乐椅,修补好了一部分,椅座上放着一堆砂纸。本的打字机和书放在书桌上,书桌是用一块旧门板放在锯木架上搭起来的。威尔在唯一的一把真正的椅子上坐下来,那把椅子又大又舒服,填充物往外膨出,就好像是秋天乳草的豆荚。

"希望不会有人得枯草热,"玛利亚一坐下来就笑着说,"每次只要有人坐在那把椅子上,羽毛和灰尘就会飞得满屋都是。不过等宝宝出生后,我会重新填充坐垫的。"

本抱怨一声,调侃地说:"她已经疯了,真的疯了。我真怕哪天早晨醒来,发现她在晚上已经把我用砂纸磨平、洗干净、剥皮,然后重新刷漆了!"

玛利亚俯下身,看着他光着的脚,开玩笑说:"仔细想想,你这个想法还真不错。你真需要清理清理了。"然后她把头靠在他穿着牛仔裤的腿上一会儿,他则用手抚摸着她的头。

我没怎么说话，不过在那儿我很开心。太阳已经西斜，阳光从窗户洒进来的时候，刚好照在斜靠着本坐在地板上的玛利亚身上，在她肩膀上和粗粗的辫子上留下了金色的图案。我在心里给他们拍了张照片。

但莫莉却一直不停地说啊说。听到她说话真好，所有的紧张和愤怒都消失了。她和本，还有玛利亚谈论着房子里需要的东西：在向阳的窗子边挂上植物，旧的石膏墙需要重新粉刷一下，要挂上合适的窗帘。"我要自己织窗帘！"玛利亚说。本叹了口气，微笑着，敲敲她的头。

在回家的路上，莫莉走在我和威尔的后面。她在摘野花，每一种都摘了一朵。她说她要做标本，威尔说他会帮她辨认它们的种类，他有一本书她能用得上。

"你知道吗，"当我们穿过田野往回走的时候，我慢慢地对威尔说，"我真希望我能像莫莉那样。我的意思是说，我希望我也知道怎么跟别人聊天。很多时候我都只能傻坐在那儿。"

"梅格，"威尔说着伸手搂住我往前走着，"你看见那边的那片树林了吗？就是云杉长在桦树旁边的那片树林。"

"看见了。"我顺着他指的方向望过去。

"往树林里走进去不远,就在云杉的后面,每一年当季的时候,都会有很大一丛龙胆花。你见过龙胆花吗?"他怎么能这样呢?我在跟他说严肃的事情呢,我当他是最好的朋友,跟他说那么私人的事情,上帝啊,他居然听都不听。他还想着他的植物。

"没有,"我有点嘲讽地说,"我可从来没见过什么龙胆花。"

"它开花得在你们搬回镇上之后了,"他说,"大概在九月底,甚至有可能是十月。不过我希望到时候你能回来,这样我就能带你去看。"

"好的。"我叹了口气,我才不关心他的那些老龙胆花呢。

"这很重要,梅格,"威尔说,"你能保证吗?"

好吧,如果这对他来说很重要,那好吧。不管怎么说,我还是愿意回来的,我不介意去看看他的那些花。或许他是想给花拍照之类的吧。

"我保证,威尔。"我说。

第七章

# 永远不变的名字

莫莉终于不再闹脾气了。这个变化是渐进的，我都说不清楚这变化是好还是不好。她不再是生病之前的那个莫莉，不再是那个会傻笑的、风趣的莫莉，不再是整天面带微笑、脑袋里装满了奇思妙想和傻乎乎的热情的莫莉。

现在我都不认识她是谁了。几乎可以说，她是一个陌生人。我感觉她已经成为另外一个世界的人了，而我不在她的那个世界，爸爸妈妈也不在。她安静了许多，

也变得更严肃、更沉默寡言。当我告诉她学校里发生的事情时,她会听着,也会问问题,可是她好像并不真正关心,仅仅是出于礼貌才倾听。

现在只有很少几件事能引起她的兴趣。她把大量的时间都用在了花上。过去,对于莫莉来说,花不过是当她奔跑着穿过田野时摘下来闻闻,或者插在花瓶里看看的东西罢了。现在在威尔的帮助下,她开始学习花的知识。她看了他借给她的那本书,辨认出了她在田野里摘到的那些野花。她把野花分类,给它们贴上标签,然后有序地把它们夹在她钉好的一本书里。这些占用了她大部分时间。她在侍弄花的时候,非常小心,非常认真。我们甚至都不敢开关于她的花的玩笑。

好像突然之间,她长大了。

她感兴趣的另一件事就是小宝宝。她经常去看玛利亚,她们总是聊宝宝,聊个没完。莫莉在帮玛利亚做宝宝的衣服。她俩在一起做针线,玛利亚做好一样什么东西,莫莉就帮着把它弄平整,她非常细心,叠得整整齐齐的,放进玛利亚装小宝宝东西的抽屉里。

莫莉对宝宝的小睡衣小毛衣有这么大的热情,就连本和玛利亚都有点摸不着头脑。有一次我听见本对莫莉说："嘿，莫莉。我想小宝宝已经是整个山谷穿得最好的小孩了，这阵子就别再做了，好吗？跟我去看看能不能采到野草莓。"

可莫莉只是微笑着对他摇摇头，说："你先去吧，本。带上梅格一起去。我想把这件做完，我希望宝宝出生的时候，所有的一切都准备得妥妥帖帖的。"

本叹息了一声："莫莉，难道你不知道宝宝是什么样子的吗？他们只会往衣服上撒尿。如果那些衣服注定会被尿湿，为什么还要准备得那么完美呢？"

莫莉对他笑笑，接着缝衣服。

有时候，莫莉自己都像个婴儿，无缘无故的。有天晚上吃完晚餐，外面下起了雨，我们都坐在壁炉的旁边。妈妈在做被子，爸爸在看书，我和莫莉就看着木柴在炉子里燃烧，蹦出的火花钻进烟囱里。那时，我们都穿着睡衣。

突然，莫莉站起来，静静地走到爸爸那儿，爬到爸爸腿上。爸爸什么都没说。他只是放下书，用两只胳膊抱着她，看着炉子里的火光。她像个犯困的两岁孩子，把头靠在爸爸的肩膀上，爸爸用一只手抚摸着她头上所剩不多的漂亮的、婴儿般的头发。

要是莫莉还病着,我倒可以理解她的这种变化。可是现在她没病啊,她已经完全康复了呀。她还在继续服药,每过几个星期妈妈就会带她去波特兰的医院检查一次,确认她一切正常。医生说她很快就能完全停药,之后她的头发就可以长回来了。专家们对她说,等她的卷发重新长出来后,她可以赢得选美比赛。

她们从医院回家以后,妈妈在吃晚餐的时候告诉了我们这个消息。莫莉一直微笑着,那是大多数人听到小孩子说蠢话时会有的那种无所谓的、宽容的、善意的微笑。但是对莫莉来说,有人说她很美,一度对她是多么重要啊。

好吧,大家都变了,我得调整一下自己来适应他们的改变。

六月初的一天早晨,爸爸走到厨房,倒了一杯咖啡,叹了口气。我刚刚吃完早餐,而且已经计划好星期六上午都要待在暗房里。我在玛利亚家的厨房窗边给她拍了照片,威尔和我准备试验用不同的相纸来冲洗照片。我已经迫不及待想用不同对比度、纹理和色系来处理玛利亚的照片了。

可是当爸爸倒了杯咖啡在厨房坐下，还叹了一口气，我就知道我最好在家待着，因为一定有什么事发生了。

"我刚接了个电话，"爸爸说，"是克拉丽丝·卡拉威打来的。"

"你借书逾期没还吗？"我问，"她对超期还书最严格了。"

爸爸大笑起来，说："不是，关于我逾期未还的书，我和她已经达成共识了。我真希望她要说的就是这个，可她一开口就说：'不是我想多管闲事，不过——'你应该知道她这是什么意思。"

"意思是她想要多管闲事了，有时候她还会说：'不是我瞎打听啊，不过——'"

"对，那就表示她想要瞎打听。你还是挺了解克拉丽丝的嘛，梅格。那个，这次她操心的是威尔租房子的事。她说整个村子的人都在武装抗议——我觉得这是一种克拉丽丝式的夸张说法——因为威尔家住着嬉皮士。"

"嬉皮士？什么意思？"

爸爸皱了皱眉，说："我不知道。本留着胡子，我估

计在克拉丽丝看来，留胡子就是嬉皮士，不过她提到的事也未必完全没有道理。本和玛利亚是不是在他们屋后种了大麻？"

我一下子大笑起来。"当然不是啦，爸爸。目前为止，他们只种了豌豆和草莓。本还想种南瓜，不过他还没想好种哪个品种的南瓜。这个星期他要种西红柿和豆角。"

"他们是不是裸体走来走去？"

"我的天哪，爸爸，根本不是！可是就算是的话，又招谁惹谁啦？他们根本就没出门。有一天下午，玛利亚脱了衬衫晒太阳。我去她家以后，她还问我介不介意，我说我没关系，她就没穿上衬衫。她觉得很热，很不舒服，因为孩子马上就要出生了。"

"好吧，那正是克拉丽丝的另外一个问题，他们是不是想自己在家里生孩子？"

"对，不过他们已经看了很多关于接生孩子的书。玛利亚进行了各种锻炼，而且他俩还在波士顿一起上了相关的课程。村里的医生帕特南先生也答应，如果他们需要的话就去帮忙。"

爸爸挠着脑袋说道："就没有可能让他们改变主

意吗？"

"爸爸，我觉得不可能。这对他们来说很重要。他们都很兴奋能自己在家接生孩子，而不是在医院里。他们不喜欢医院那种没有人情味的感觉。但小宝宝对他们来说也非常重要，所以他们已经做好各种准备，完全可以保证孩子的安全和健康。"

"好吧，我想我能让克拉丽丝相信这一点。那就只剩一个问题了，他们是结了婚的，对吧？"

我搅了搅碗里剩下的一点脆米花糊，说："他们彼此相爱。他们说要坐在走廊的摇椅上一起变老，或是谈论等以后眼睛花了，牙齿掉了，亲吻会是什么感觉。"

"那不是我问的问题，他们结婚了没？"

脆米花吸水之后会黏在碗上，真讨厌。我必须用勺子使劲儿刮才能把它们从碗边弄下来。"我想他们没有结婚，爸爸。玛利亚没有戴结婚戒指，而且她的姓氏和本的也不一样。"

爸爸的脸抽动了一下。"这就是我担心的，我不知道怎么处理这个问题。克拉丽丝已经给威尔在波士顿的外甥打过电话了。那个，梅格，或者你可以去跟本和玛

利亚谈谈。他们最好有所准备。"

好极了。要我去干吗？去对下个月就要生宝宝的朋友说，我觉得你们应该结婚？那关我什么事啊？

不过，爸爸说得也对。他们应该知道正在发生的事情，于是我放弃了周六上午在暗房工作的计划。本和玛利亚问过我能不能看看我拍的照片，于是我拿上了给威尔拍的那一套，还有刚刚给莫莉拍的两张。我拍莫莉的时候，她根本就没注意到，当时她正坐在前门的楼梯上，摆弄她的野花。在威尔的帮助下，她把压制好的野花都装裱好了，还用野花的拉丁学名做了标签。在其中一张照片中，莫莉手里举着一朵野胡萝卜花，迎着阳光，照片里的莫莉和花都是剪影效果。在另外一张照片里，她低着头，头上剩下的卷发垂下来划过她的脸颊，她正在把一些小花夹进书页里。

我到的时候，本和玛利亚正在屋后晾衣绳那儿晒床单和毛巾。每个星期六，他们都会用在旧货甩卖中买到的一个旧洗衣机一起洗衣服。本总是跟玛利亚开玩笑说，要是她没有按时生出宝宝，他就把她放进洗衣机里用脱水功能把宝宝甩出来。光是想想这话就让我反胃，可是玛利亚却觉得有趣。

"嗨，梅格！"看见我过来，本兴高采烈地和我打招呼，"下个月的这个时候，我们就该晒尿布啦！"

"你是说，你就该晒尿布吧，"玛利亚一边笑着，一边把一条湿毛巾甩平整，"我呢，要躺在床上，被人伺候。康复期间，茶来伸手！"

以我对玛利亚的了解，她是不会花太多时间在床上躺着休养的。说不定生完宝宝的第二天，她就会爬起来，打磨地板、做书架、做树莓果酱。我说服她让我帮着本洗完剩下的衣服，她就进屋去泡茶了。

我们坐在刷过漆的小餐桌前，喝着加了新鲜薄荷叶的茶。我把照片拿出来给他们看，他们很喜欢威尔的照片，因为他们喜欢威尔。可是他们觉得莫莉那两张更好，而我也能看出这两次拍的照片的差别。一个原因是，和威尔一起工作，我学习到了很多东西，另外一个原因是，我现在用的是威尔的德国相机。他教我使用不同的镜头，给莫莉拍的两张照片我用的是90毫米镜头，这样我就可以在远处拍摄，她根本不知道我在拍她。她脸上的神情很专注，全身心都放在花上，高品质的镜头捕捉到了映照在她头发上的阳光的鲜明轮廓，以及她脸上和手上的阴影。

"我问过莫莉今天早上要不要和我一起来，"我对他们说，"可是她觉得有点不舒服。不过她让我替她向你们问好，还让我看看宝宝的摇篮准备得怎么样了。"

玛利亚得意地笑了起来，指了指客厅。摇篮就放在那里，已经做好了。上面打了蜡，闪闪发光，在摇篮的一边，叠放着一条柔软的针织黄毯子。

"梅格，"本迟疑了一下问，"莫莉怎么了？"

我把莫莉的病情，包括流鼻血、住院、输血，以及吃药导致脱发的事都告诉了他们。他们听完都沉默起来。本伸出手轻轻地摸了摸我的头，说道："不容易，太不容易了。"

"嗯，"我解释说，"也没什么大不了的，现在她已经好多了。你们看，"我指着其中一张照片，"她的脸变得好圆啊，从医院回来以后她已经长了十磅了。"

玛利亚又给我们倒了些茶，突然说道："本，我真高兴搬来这里，因为莫莉是那么喜欢小宝宝。"

这倒提醒了我来这儿的目的。"本，玛利亚，你们知道村里的那个小教堂吗?"

"当然了。"本说,"那个白色的尖塔,看起来像明信片上的风景画。怎么了?你要拍教堂吗?"

"不是的。"我说,"上个星期六,妈妈带我去买生活用品的时候,教堂里正在举行婚礼。真美啊,新娘子从教堂出来站在台阶上扔捧花,伴娘们都穿着浅蓝色的裙子,还有——"我迟疑了一下,接着说:"那个,我也不知道,反正就是挺好的。"

本和玛利亚都做了个鬼脸。本做鬼脸可厉害了,他可以同时把嘴巴歪到一边和做斗鸡眼。他说道:"婚礼,没劲。"

玛利亚翻了个白眼,跟着他说:"没劲。"

"为什么?"我问,"结婚有什么不好?见鬼!"

他们俩看起来都有点吃惊。本说:"结婚没什么不好啊,只是婚礼很让人心烦。你觉得呢,玛利亚?咱们给她看看怎么样?"

玛利亚笑了,点点头说:"好啊,她是个好孩子。"

本走到客厅,从柜子里拿出一个盒子,然后回到餐桌前,把盒子放在上面。他斜着眼睛看着我,捋了捋胡子,然后用一种戏谑的声音说:"你要不要看这些重口味照片啊,小姐?"接着他打开了盒子。

我大笑起来。这些照片其实一点都不差,我不是个特别执着于色彩的人,所以从技术上来讲,这些照片都挺好的。

不过,这些照片看着真闹心。上帝啊,那是本和玛利亚的婚礼照。一本皮质的、厚厚的白色相册,封面上印着金字——我们的婚礼。在看照片的时候,我终于明白了本和玛利亚说的没劲到底是什么意思了。

本穿着燕尾服,戴着大礼帽。玛利亚的裙角被拉起来,露出了蓝色的吊带蕾丝丝袜。教堂的圣坛边,放着巨大的鲜花篮。"知道这些花后来怎么样了吗?"玛利亚问,"价值两百美元的鲜花哦,婚礼一结束就被扔掉了。"

照片里还有婚礼蛋糕,差不多有三英尺高,用鸟儿、鲜花还有磨砂缎带装饰起来。"知道这个蛋糕花了多少钱吗?"本咧嘴一笑,说,"一百大洋!知道它吃起来什么味吗?味同嚼蜡!"

照片里有几百位客人在喝香槟。"知道这些人是谁吗?"玛利亚接着问,"我父母的朋友,本父母的朋友。

知不知道他们在干吗？他们喝醉了，喝了'五百美金的香槟'。"

照片里的本和玛利亚被人群、鲜花和食物包围着，冲着相机微笑着，可是他们的样子看起来都好像不是真心的。

"认识他们吗？"本问。我点了点头。"这是本·布兰迪和玛利亚·安博特，他们本来是想在一个有小溪流淌的种满雏菊的田野里结婚的。他们想要的是吉他演奏，而不是五人乐队；他们想要自制的酒水，而不是香槟。"本说着合上相册，然后把它放回了盒子里。

"为什么你们没有按照自己的心意举办婚礼呢？"我问道。

他们耸了耸肩。"哎，有时候呢，还是应该让身边的人开心一点的。"最后玛利亚说，"本的父母想要办一场盛大的婚礼，我的父母也想要办一场盛大的婚礼。我想，我们这么做就是为了他们。"

"我能问你们一个好笑的问题吗？"

"当然啦。"

"为什么你们俩没有相同的姓呢？"

玛利亚回答了我的问题："你知道吗，梅格，我一辈子都姓安博特。我为玛利亚·安博特曾经做过的一切而骄傲。在高中的时候，我获得了一个音乐奖，那时我叫玛利亚·安博特。上大学的时候，我被选为优秀毕业生，那是我努力的结果，而那时我叫玛利亚·安博特。当我想清楚我要嫁给本的时候，我也想好了，我要一直做玛利亚·安博特，本理解我。没有哪条法律规定说妻子必须要从夫姓，所以我没有改姓。有一天，你也许会对梅格·查莫斯这个名字有相同的感受。"

此时此刻，我觉得除了梅格·查莫斯我谁都不想当。名字是件有趣的事，它会慢慢变成一个人的一部分。突然间，我想到多年以前，还是小孩的威尔·班克斯伤心又愤怒地坐在房间里，把自己的名字"威廉"刻在柜子底板上。

"嘿，"我说，真有意思，我之前居然从来没有想过要问这个问题，"那宝宝呢？你们准备给宝宝起什么名字呢？"

玛利亚呻吟了一声："问点别的吧，梅格。别问给孩子起什么名字。我们定不下来，为这个我们老是吵，吼来吼去的,太糟糕了。"

本说:"我已经不再为这个问题纠结了。我觉得宝宝来了以后,别的事先不说,肯定会先到处跟人握手,然后说'嗨,我叫——'不到那个时候,我看我们是想不出名字了。"

然后,本跳了起来,冲到客厅那边,打开一扇门,说:"看看,这里就是产房。"我从客厅看过去,那是一个空房间,非常干净,墙壁刚刚刷成白色,房间正中放着一张铜制的床。

"这里是宝宝睡觉的地方。"玛利亚说。她的脸上带着微笑,用光着的脚碰了碰摇篮,摇篮轻轻地晃了起来。

"这是孩子的衣服!"本骄傲地说着伸手拉开一个已经打磨好了一部分的松木衣柜的抽屉,从里面拿出一件小小的蓝色睡衣。抽屉里装满了这样的小衣服。

"这些是孩子吃的东西!"玛利亚咧嘴笑着,用手捧着她的胸。

"还有——"本突然直直地站在客厅里说,"梅格,来,我带你看个东西。"说完他一把拉住我就走,我跟着他出了后门,顺手把照片抓在手里。已经差不多到午饭时

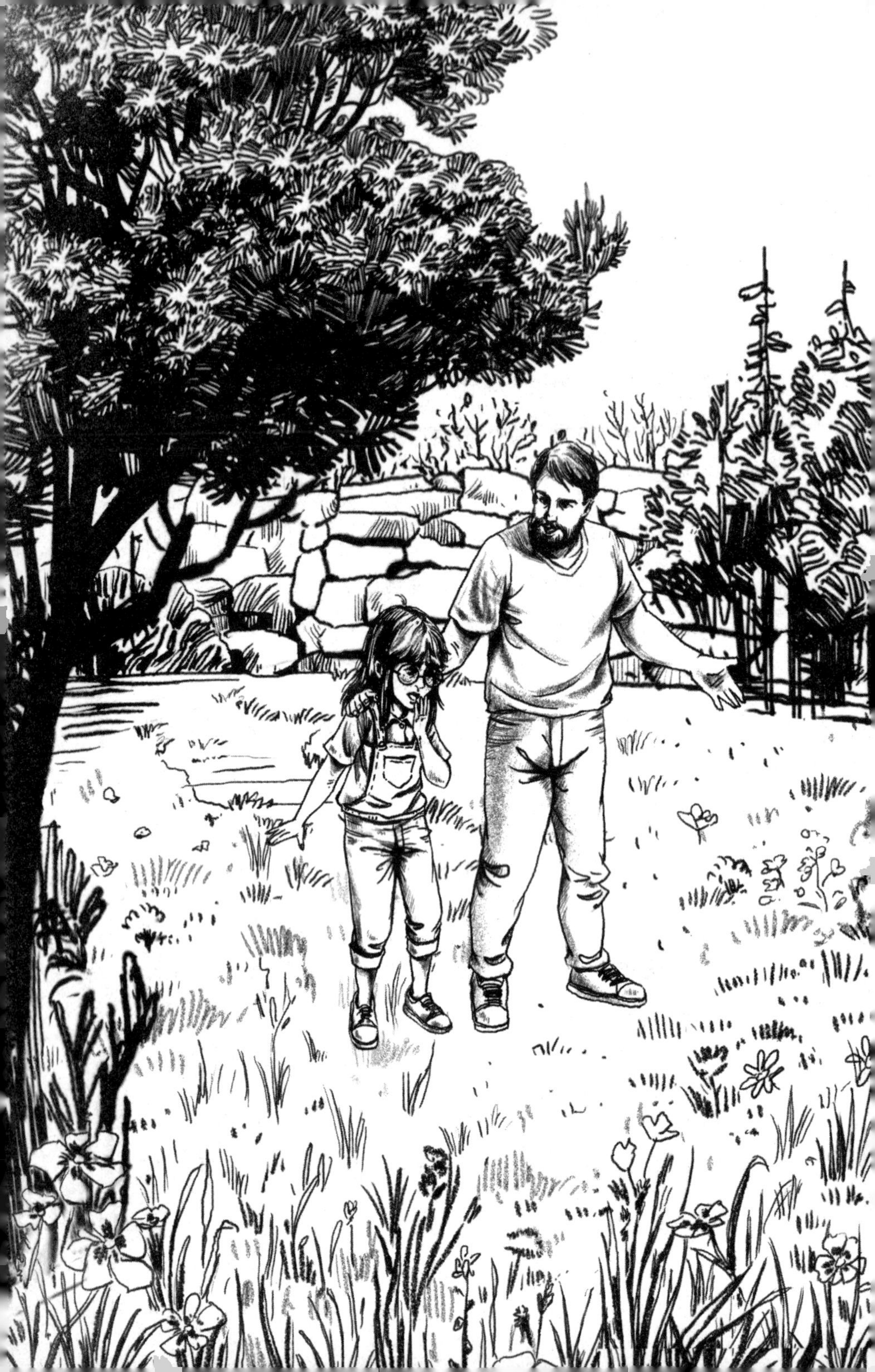

间了。

本带着我走过后花园，他们种的豌豆已经爬满了用金属线搭的架子，然后我们经过他们为种赤杨树新平整出来的那块地，经过玛利亚每天早上都装满鸟食的小小的木质投食器。在一排小松树后面，灌木丛已经被他拔掉了，露出一面石头墙的一部分，我知道，那面墙起码有上百年的历史了。阳光穿过附近的小树林照到这块隐蔽的地方。他已经把草修剪过了，草地非常柔软，绿茵茵的，很宁静。

他搂着我的肩膀说："如果宝宝不能活下来，这里就是埋葬他的地方。"

我简直不能相信，使劲儿推开他的胳膊说："什么？"

本坚定地说："你知道，有时候事情并不会按照你希

望的样子发展,如果宝宝死了,我和玛利亚会把宝宝埋在这里。"

"宝宝不会死的!这话太可怕了!"

"听着,梅格,"本说,"你可以假装不好的事情永远不会发生,但如果你意识到并且承认生活中不好的事情有时会发生,你会过得轻松很多。当然宝宝有可能什么问题都没有,不过我和玛利亚讨论过其他的可能性,只是以防万一,以防万一罢了。"

我转身跑开,留下他一个人待在原地。我生气极了,浑身都在发抖。我转过头去看,他把手插在裤兜里,看着我。

我说:"假如你有兴趣听,我告诉你本·布兰迪,你就是一个彻头彻尾的烂人。你根本不配做宝宝的父亲。"

然后我朝家走去。在回家的路上,我后悔说了刚才的话,可是要回去道歉已经来不及了。

## 第八章
# 舒缓忧伤的华尔兹

莫莉又住院了,是我的错。

我怎么就管不住自己的嘴呢?我已经对本说了让自己后悔的话,而且还不知道怎么回去向他道歉。可一周以后,我又把和莫莉的关系搞砸了。

当时是上午十一点,莫莉还穿着睡衣躺在床上。她简直懒得不像样子,可是爸爸妈妈一个字都不说她。这也是我对她发火的一个原因,都十一点了,还穿着睡衣。

她不停地抱怨,乱发脾气。我不太确定是为什么,不过我觉得应该是因为这学期快要结束了,可是她还没有机会回学校。

可是她那副样子,躺在床上,抱怨她糟糕的外貌。我听她说这个真的已经听得想吐了。她老是说她的脸太肥,头发太少。光听她这么说,你会觉得她就是个丑八怪,可是事实是她依然比我漂亮几千几万倍,所以我才越听越火大。

我对她说闭嘴。

她说叫我去死,死之前先把我的球鞋从她那边拿走。

我叫她自己捡。

于是她去捡鞋,我觉得她是要把鞋子捡起来扔我,可看到她吊在床沿上的腿时,我突然觉得有点不对。

"莫莉!"我已经把鞋子的事抛到九霄云外,"你的腿怎么了?"

"什么意思,我的腿怎么了?"以前没人说过莫莉的腿不好看,说实话,就连我也不得不承认莫莉的腿很漂亮。她把睡衣扯起来往下看。

她的两条腿上全都是深红色的点,看起来就像是被无数蚊子咬了,只不过没有肿起来。

"疼吗?"

"不疼,"她说得很慢,看起来很迷惑,"这是什么呢?昨天都还没有。我确定昨天没有。"

"可现在有了,而且看上去好奇怪啊。"

她把睡衣放下来盖住腿,然后缩回床上,盖上被子,说:"不准告诉任何人。"

"我偏不。我要去告诉妈妈。"说着我就准备出门。

"你敢!"莫莉命令我。

我才不要听莫莉的呢,而且我真的觉得爸爸妈妈无论如何都应该知道这个情况。我下楼告诉妈妈莫莉的腿出了问题,妈妈满脸惊恐地跳了起来,跑到楼上。我没有跟上去,不过我一直在听。

我听见妈妈和莫莉在吵。我听见妈妈把爸爸从书房喊了出来,然后继续和莫莉吵。接着,我听见妈妈在楼上打了一通电话,然后又回到莫莉那儿。

后来莫莉哭了,嘶声大喊。我从来没有听过莫莉那样喊叫。她尖叫着:"不要!我不要!我不要!"

几分钟以后,一切都安静下来,爸爸下来了。他的脸耷拉着,看上去非常疲惫。爸爸突然对我说:"我们必须把莫莉送到医院去。"还没等我回答,爸爸就走出去,发动了汽车。

妈妈带着莫莉下了楼。莫莉穿着浴袍和拖鞋,抽泣着。当她们快走到门口的时候,莫莉看着独自站在客厅里的我,转过身,哭着对我说:"我恨你!我恨你!"

"莫莉,"我小声地说,"别这样。"

他们上了车准备离开时,我听见妈妈叫我。我跑出去,任凭玻璃门在我身后砰的一声关上。我走到车旁边,妈妈对我说:"莫莉想跟你说点事。"

莫莉坐在后座,缩在角落里,用手背擦着眼泪。"梅格,"她因努力想停止哭泣而有些哽咽,"告诉本和玛利亚,等我回来再生宝宝。"

"好,"我点点头说,"我会告诉他们的。"说得好像他们可以控制这件事一样!不过我会告诉他们莫莉说的话,因为这是莫莉吩咐我做的。这个时候,我愿意为莫莉赴汤蹈火。

我回到楼上,捡起我的鞋子放到柜子里,把莫莉的床整理好。褪色柳还插在那个花瓶里。威尔的照片又贴回墙上,现在又多了莫莉和花的那两张照片。粉笔的痕迹还在,有点褪色了,不过还在。这是个很好的房间,只不过一个小时之前莫莉还在这里，可是现在她走了，这都是我的错。

我走进暗房，把前几天我一直在冲洗的玛利亚的照片装好，然后穿过田野去了她家。

威尔·班克斯在那儿，正在和本，还有玛利亚一起吃午餐。他们都坐在外面的野餐桌旁，吃着这一季收获的豌豆。桌子中间放着一个大碗，他们用各自的勺子从碗里舀着吃，仿佛这是一顿再正常不过的午餐。

"嘿，梅格！"本招呼我，"你好吗？来吃颗豌豆。吃两颗！"

他用自己的勺子喂了我两颗豌豆，这是我吃过的最甜最软的豌豆。我挨着威尔坐下，说："莫莉又去医院了，她说拜托你们等她回来了再生宝宝。我知道这么说很莫名其妙。"说完，我哭了起来。

威尔抱着我，前后摇来摇去，仿佛我还是个小婴儿。我一直哭，眼泪把他的衬衫领子全都浸湿了。我一边哭，一边不停地说："都是我的错，都是我的错，都是我的错。"威尔只是说："好了，好了。"

终于，我止住了哭泣，坐直身子，用威尔给我的手绢擤了鼻涕，然后告诉他们发生了什么。他们都没怎么

说话，只是告诉我，这当然不是我的错。我其实已经知道了。本说："你要知道，有时候有个人去怪罪其实挺好的，就算那个人是你自己，就算毫无道理。"

我们安静地坐了一会儿，然后我问玛利亚我能不能借用她的勺子。她用餐巾纸把勺子擦干净递给我，我把大碗里剩下的豌豆全吃了。有好几磅的豌豆，我居然全吃完了。我从来没有那么饿过。

他们三个目瞪口呆地看着我吃完豌豆，等我全部吃完后，玛利亚咯咯地笑起来。于是我们也跟着大笑，一直笑到筋疲力尽。

能有朋友懂得在该哭的时候哭，在该笑的时候笑，而且懂得有时候二者密不可分，这种感觉真好。

我拿出了玛利亚的照片，威尔已经看过了，那是当然的，因为那是威尔和我一起冲洗的照片。现在威尔已经和我一样能自如使用暗房了。不过我和他的兴趣点不一样，他对摄影的技术方面更感兴趣，比如说化学制剂啊、相机内部的工作原理啊之类的。我对这些事情不太关心。我更关心的是人物的面部表情、光线打上去的方式、阴影形成的柔和图案和对比度。

我们一起欣赏品评照片。本和威尔差不多，都对曝光啊、胶卷宽容度之类的感兴趣；玛利亚和我差不多，她比较喜欢看光线的阴影是怎么衬托出她肚子里的宝宝的，她的手是如何抚摸她滚圆的肚子的，她的眼睛里是如何同时闪烁出既宁静又快乐的光芒的。

"梅格，"她说，"有一天晚上本和我商量了一件事，我们想请你考虑一下，并且和你父母商量一下。如果你愿意而他们也不介意的话，我们想请你拍摄孩子出生的时刻。"

我感到很为难。"老天啊，"我慢慢地说，"我不知道，我从来没有想过。我的意思是说，我不想干扰你们。"

可是他俩同时摇头。本说："不，不会干扰的。我们不想让任何人在那儿，你也得小心地待在一个不碍事的地方，不能碰到任何消过毒的用具。但你是特别的，梅格，你是我们的好朋友。我和玛利亚想在以后能够重温那一刻，而且我们希望宝宝将来也能看到。你就是那个可以做到这一切的人，如果你愿意的话。"

我愿意啊，太愿意了，可是我也必须要对他们说实话。"我从来没有看过生宝宝，"我说，"我甚至对这件事都不怎么了解。"

"我们也一样啊！"玛利亚大笑起来，"但我们会帮你做些准备。本会给你看我们的书，给你提前说明每件事，这样在宝宝要出生的时候，你就完全知道接下来会发生什么。只不过，本，"玛利亚接着对他说，"我觉得你最好动作快点，因为我也不知道我们还有多长时间。距离预产期还有两个星期，可是有好几次我都觉得可能时间会提前。"

我答应他们会和爸爸妈妈商量，本说他也会去和他们谈。突然，我想起一件事。"万一今晚就生了呢？"我问，"光线不足，我估计得用闪光灯，可——"

本举起一只手说："别担心！"他用两只手做成喇叭的样子，贴在玛利亚的肚子上说："听着，宝贝。我命令你要等着莫莉回家，然后才可以出来。可是，要在白天出来哦，听见了没有？"

"这就可以啦，"本接着说，"我和玛利亚下定决心要生个听话的孩子。"

在我离开前，我把本单独叫到一旁，对他说："本，对不起，那天我不该说那样的话。"

他抓住我的肩膀说："没关系的，梅格。我们都会说到一些让我们觉得难过和遗憾的事。不过现在你明白那天我是什么意思了吗？"

我摇了摇头，认真且诚实地回答他："不，我觉得你去假设会发生不好的事就是不对的。我不明白你为什么居然要去那样想，但我还是为我说的那些话感到抱歉。"

"好吧，"本说，"无论如何，我们是朋友。要一直做朋友，梅格。"说完他握了握我的手。

威尔步行穿过田野送我回家。他非常沉默。半路上，他对我说："梅格，你还很小，你觉得他们生宝宝的时候你在现场，这好吗？"

"怎么不好呢？"

"会很吓人的。你知道，生宝宝不是件简单的事。"

"我知道。"我一边说，一边用脚把一块小石头踢进了高高的草丛，"拜托，威尔，如果不冒险的话，我怎么能学会新东西呢？这可是你教我的！"

威尔停了一下，想了想，说："梅格，你说得完全正确，完全正确。"他看起来有点不好意思了。

我朝田野四周看了看，问道："威尔，上个月还开着的那些黄色的小花呢？"

"谢了,要明年六月才会再开,"威尔说,"它们被七月的花代替了。莫莉的秋麒麟草就快开花了。"

"我喜欢那些黄色的小花。"我赌气地说。

"'玛格丽特,你是在伤心,为了这树叶凋零的金色树林?'"威尔说道。

"什么?"我有点糊涂。他从来没有叫过我玛格丽特,他在说什么?

他笑了。"那是霍普金斯[1]的诗,你父亲应该知道。'人类出生所为的就是这败落,你所哀悼的就是玛格丽特。'"他接着念。

"我可不这样。"我傲慢地对他说,"我从来都不自怨自艾。"

"我们都会,梅格。"威尔说,"我们都会。"

那是三个星期前的事了,七月就要结束了。莫莉还没有回家,宝宝也没有出生,我觉得宝宝一定是听从了本的命令,在等莫莉回家。我和玛利亚,还有本一起学习了关于生宝宝的书,我已经准备好了拍摄。爸爸妈妈毫不介意。我问他们时,他们就说了句"当

---

[1] 霍普金斯是英国维多利亚诗派的先驱诗人之一。

然可以",甚至连讨论一下都省了。他们都心事重重,而我也终于知道了其中的原因。

几天前的一个晚上,吃完晚餐,爸爸在餐桌前抽烟斗。餐具都收拾好了。妈妈在做被子,也差不多要做好了。我无所事事,叽叽喳喳说个不停,想打破一直试图吞噬整栋房子的那种寂静。我甚至把收音机都打开了,里面正播放着摇滚乐。

"嗨,爸爸,跟我一起跳舞呀!"我说着就去拉他的胳膊。以前住在镇上的时候,我们有时也会做这样的傻事。爸爸超级不会跳舞,但是有时他也会和我、莫莉在厨房里跳,这通常会让妈妈抓狂。

爸爸终于还是放下了烟斗,开始跳起来。可怜的爸爸,和上次比起来没有丝毫的进步。我觉得我进步了,当然只是一点点啦。不过爸爸的舞姿很放得开,他很拼的。外面的天已经黑了,我们吃饭有点晚。妈妈打开了灯,我能看见厨房的墙上挂着莫莉画的野花,她把画挂得到处都是。爸爸和我一直跳,直到他满身是汗、大笑不止。妈妈也在笑。

然后曲子换了,是一首慢歌。爸爸长出了一口气,如释重负,说:"啊,我喜欢的节奏。能请你跳一曲吗,亲爱的？"他向我伸出了手臂，我立即挽住了他的胳膊。我们像老电影里的人那样，在厨房里缓缓地跳了一曲华尔兹。歌曲结束的时候，我们面对面站着，我突然说："真希望莫莉也在这儿。"

妈妈发出了一点动静，当我看过去时，发现妈妈在哭。我不解地转头去看爸爸，他的脸上也有泪水，这是我第一次看见爸爸哭。

我伸手抱着爸爸，我俩又一起向妈妈伸出手，于是妈妈过来抱着我们。音乐又响了起来，又是一首舒缓而忧伤的歌，以前的哪个夏天我好像听过，但我已经记不清了，我们三个一起跳起了舞。墙上的野花因为我们的旋转，也因为我眼中的泪水，渐渐变得模糊。我们随着节奏转动，我的手臂紧紧搂着他们，那种节奏使我们彼此挨得很近很近。我们形成的那种亲密把其他的一切都挡在外面。我们一边跳着，一边流泪。那个时刻我明白了他们不愿意告诉我的事情，他们也知道我已经明白了，莫莉不能回家了，莫莉要死了。

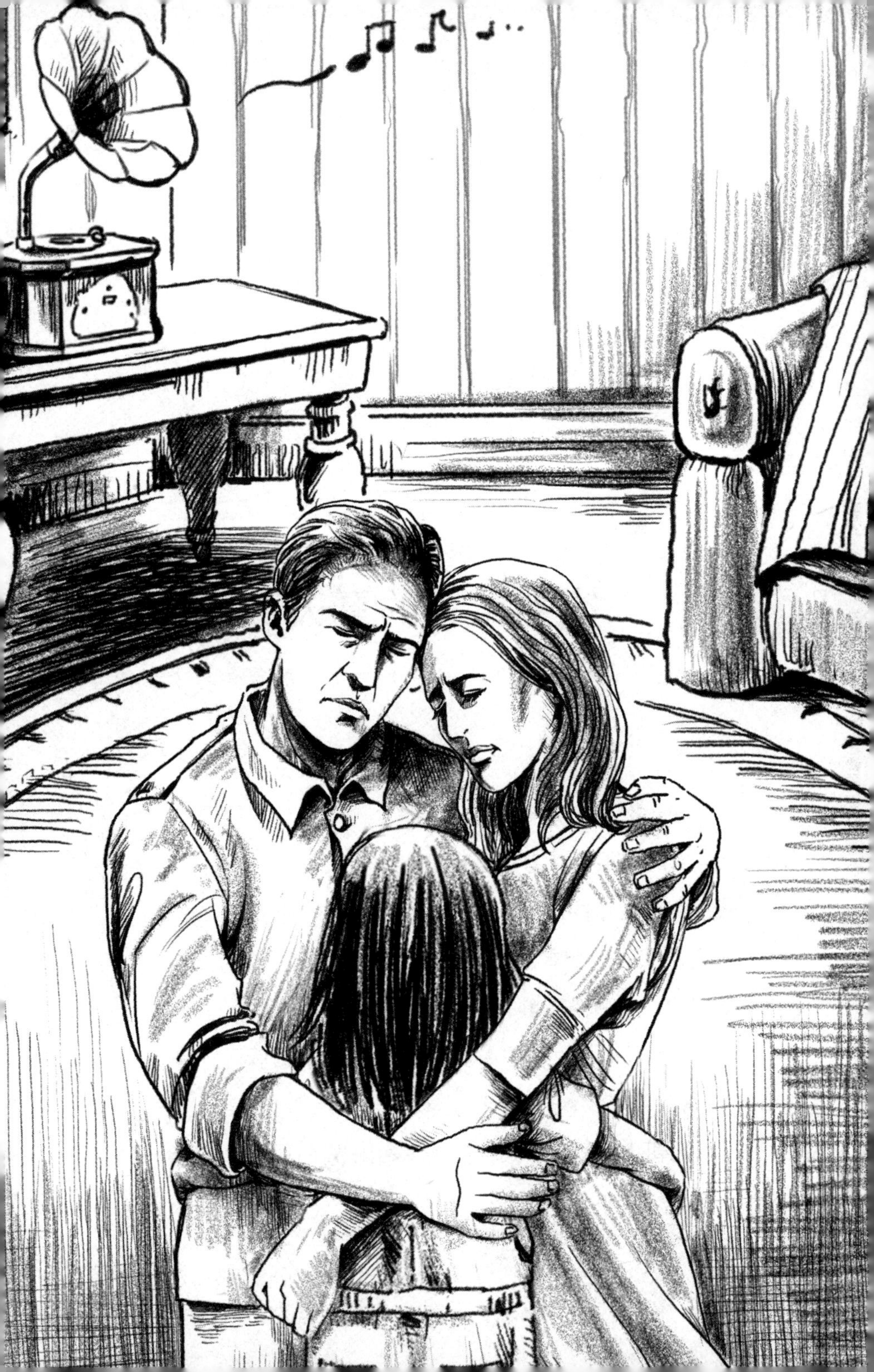

## 第九章
# 突然结束的夏天

我一次又一次地梦见莫莉。

有时梦很短,梦里阳光明媚,莫莉和我肩并肩地在长满秋麒麟草的田野里奔跑。她还是以前的莫莉,是我一直认识的那个有着一头金色卷发、带着微笑的莫莉。梦里的莫莉晒得黑黑的,光着脚,跑起来很有劲儿。她跑得比我快,她回头看着我,大笑着。而我则对着她喊:"等等,等等我,莫莉!"

她朝我伸出手,飞扬的头发在阳光下闪闪发光。她向我喊道:"加油,梅格!只要努力,你肯定能追上我!"

然后我就醒了。屋子里黑漆漆的,莫莉的床空空如也。我想起了她还待在医院里某个我不知道的地方,我想知道她是不是也做了相同的梦。

有时梦境还是在同一片田野里,但却是黑暗的。在这些黑暗的梦里,我是那个跑得比较快的人。我跑到一个被雾笼罩的黑暗的空房子里。我就站在那里等她,从一个窗子里看着她跑过来。可是田里的花已经开始枯萎变黄,就像夏天突然结束了。莫莉跑得跌跌撞撞,这回是她叫我:"梅格,等等我,等等我!我跑不动了,梅格!"可是我却帮不了她。

我也会从这样的梦里惊醒:在黑暗空荡的房间里,我旁边那张床上已经没有了她的呼吸声。

我做了一个噩梦,梦见一个婴儿出生了,可是生出来时已经老了。那个婴儿用衰老而疲惫的眼睛看着在场的所有人,然后我们恐惧地意识到,这个孩子刚刚出生就已经要死了。"为什么,为什么?"我们问,可是婴儿没有回答。莫莉也在那里。她对于我们问为什么感到很生气,就冷酷地耸耸肩转身走开了。只有她知道答案,可是就算我们求她，她也不告诉我们答案。

梦境太真实，我醒来时被吓坏了。

我把我做的那些梦告诉了爸爸。在很小的时候，我每次做了噩梦大哭时，都是爸爸来我的房间里。过去他总是打开灯，抱着我，告诉我梦不是真的。

可是现在爸爸办不到了。傍晚的时候，我们坐在前门的楼梯上，我把灰白色的蒲公英绒毛吹起来，它们在日落时分粉红色的微风中飞舞。夜里潜入我房间里的那种恐惧似乎走远了，可是爸爸却说："你知道，梦境源于现实。这也许可以帮助你理解梦境的意思。你和莫莉要分开了，虽然你们都不愿意。你可能想知道，为什么生命结束得如此之快，可是没有人能回答这个问题。"

我把手里的蒲公英杆揉碎了，说："知道了为什么会做噩梦也没用。能有什么用呢？这又不能让莫莉好起来。"

"这不公平。"我又像小时候那样说出了这句话。

"这当然不公平。"爸爸说，"可是事情已经发生了，既然发生了，我们就不得不接受。"

"你和妈妈一直都不告诉我，这也不公平！"我需要找个人来发泄怨气,"你们一直都知道,难道不是吗?你们从一开始就知道!"

爸爸摇摇头。"梅格,医生以前对我们说莫莉有痊愈的可能。他们给她试了很多药,我们想,总有一种药是管用的吧。当还有一线生机的时候,妈妈和我又怎么能告诉你呢?"

"难道现在就没有一线生机了吗?"

爸爸慢慢地摇了摇头。"梅格,我们可以期待有转机。我们真的期待奇迹会发生。可是现在,医生说不可能了。现在莫莉吃什么药都没用了。"

"哼,我不相信医生。"

爸爸伸手搂住我,看着夕阳西下。

然后,爸爸用朗诵的语调说:"'我们都是梦中的人物,我们的一生都在酣睡之中。'这是莎士比亚说的,梅格。"

我生气极了。"他知道什么?他又不认识莫莉。为什么是莫莉,爸爸?我才是那个经常惹祸的啊!我才是那个在自己的生日蛋糕上呕吐的孩子,把幼儿园的玻璃打破、从杂货店偷糖果的孩子。可莫莉从来都没有做过坏事啊，爸爸！"

"梅格，"爸爸说，"梅格，别这样。"

"我才不管呢！"我生气地说，"必须得有人给我一个解释，到底是为什么呀！"

"那是一种病，梅格。"爸爸的声音听起来很疲惫，"是一种可怕的、致命的疾病，莫莉得了这种病。没有什么为什么。"

"什么病？"威尔曾经告诉过我，在开战之前最好知道敌人是谁。

爸爸叹了口气，说："这种病叫'急性骨髓性白血病'。"

我痛苦地说："你能很快地连说三遍吗？"

"梅格，"爸爸紧紧地搂着我，用沉闷的声音说，"我一次也说不了。这令我心碎。"

爸爸和妈妈在家和波特兰医院之间往返奔波，他们从来不带我。医院有规定，我年龄太小，不能去探视，可是我觉得根本不是这个原因。他们只是不想让我面对濒临死亡的莫莉。

我没有和他们犟嘴。过去我总是和他们争吵，要看某个电影，吃晚餐的时候要喝一杯酒，爸爸在大学上课的时候要坐在他的教室后面听课，等等。"我已经长大了！我已经长大啦！"我记得我总是这么说。现在我不吵了，因为爸爸妈妈和我都知道，我真的长大了，可是我却害怕起来。那些梦和空荡荡的家，我真的受够了，我要用尽勇气才能抵挡住它们。我害怕看见自己的姐姐，甚至感激父母没有要求我去看她。

妈妈在家的时候，就会一边缝被子，一边说以前的事情。她缝进被子里的每一块布都会让她想起某件往事。她还记得莫莉蹒跚学步时穿的那条淡蓝色的背带裤，现在已经被缝在被子里了。

妈妈微笑着说："她那时候总是不停地摔屁股墩儿，然后哈哈大笑着爬起来。爸爸和我有时候觉得她就是故意摔倒的，因为那样很有趣。莫莉还是小宝宝时，总是在找好笑的事。"

"那我呢？你还记得我学走路的时候吗？"

"当然记得了。"妈妈说。她把被子翻过来，然后找到了那块有蓝色和绿色小花的布，"这是一条小裙子。那年夏天，你还不到一岁，特别没有耐心去做那些莫莉已经会做的事。记得那年夏天在后院,我看着你,你非常认真严肃,自己站了起来,想要独自走过草坪。

"你摔倒了,没有哭也没有笑。当你想着怎样才能做好的时候,你会皱起眉头,再试一次。"

"我比较像爸爸。"

"对,你像爸爸,梅格。"妈妈微笑着说。

"莫莉更像你。我总是觉得像你的话活得更轻松。"

妈妈叹了口气,想了一会儿说:"嗯,对于小事,一笑了之是挺容易的。那会让生活看起来很单纯,也有很多乐趣。"

"可是你知道,梅格,"妈妈说着,用手指把被子理平,"当面对大事和难题的时候,像莫莉和我这样的人就没法面对了。我们太习惯笑着生活了,一旦要面对不能笑的事,对我们来说就很艰难。"

我意识到,这是我第一次看到妈妈无法对事情耸耸肩一笑了之。我也明白了,我所经历的那些无助和愤怒,还有那些像蒙面小偷一样侵入我的睡眠、给我带来恐惧的噩梦,尽管对我来说很难应付,可对妈妈来说,更难。

"还有爸爸和我呢,妈妈,"我底气不足地说,"如果这么说让你好过的话。"

"哦,梅格,"妈妈拥抱着我说,"没有你和爸爸,我可真不知道该怎么办了。"

## 第十章
# 眼泪一样的药水

本打来电话的时候是八月三日凌晨五点。妈妈还在波特兰,住在离医院不远的一个朋友家。她和爸爸轮流在那儿陪莫莉。本打电话来的时候,是爸爸叫我起来的。

我用最快的速度穿上牛仔裤、套头衫和球鞋,抓起相机就朝田野那边冲去。今天应该是美丽的一天。太阳正在升起,红彤彤的,就连黄色的秋麒麟草都被染成了粉红色。宝宝听从本的指挥,选择在白天来报到了。这是一个非常……呃,半听话半不听话的孩子。因为莫莉还没回家,宝宝却已经等不及了。也许宝宝比我们大家更明白事实。

我敲响门后,本在屋里叫我进去。"我不能给你开门了,"他喊着,"我是消了毒的!"

"我是说我消过毒了。管他呢。"当我进屋后在客厅里遇到他时,他解释了一句。他把一件很长的、皱巴巴的白色T恤衫反穿在身上,两只手小心翼翼地举起来,以防碰到什么东西。

"我觉得,我们把时间安排搞砸了。"他看起来很抱歉地说,"要不然就是书上写错了。所有的事都比预定得要快。梅格,你还记得书上说的第一个产程吧,不是说要很长时间吗?我觉得到那个时候我们才要集合起来,计划下一步应该怎么做。

"我不知道发生了什么。一个小时以前,玛利亚醒过来,她说她觉得不对劲。现在,我不知道,我感觉我们就像闯了红灯,应该返回去按照计划重新再来一遍。

"我的意思是说,我感觉玛利亚马上就要生了!可是我把书上写的全都忘光了。我一直举着消过毒的手跑来跑去,也不敢用手去翻书,看看下一步应该怎么办。

玛利亚很好,可是我感觉自己太蠢了,梅格!"他站在原地,看起来非常无助。

我完全能够理解他的感受,因为突然之间我也变得惊慌失措,相机也不知道怎么用了。

"是梅格吗?"玛利亚问道。她听起来简直中气十足,令人吃惊,一点都不像一个随时都要生宝宝的人。本示意我跟着,和他一起走进玛利亚的房间。

她躺在床上,头靠在枕头上。她没有穿衣服,不过我一点都无所谓。我们三个人已经充分讨论过这个问题了。

让我觉得有点奇怪的是,她怎么那么兴奋。我觉得有什么地方不对劲,生宝宝哪有那么容易啊,可是玛利亚看起来开心得很,精力充沛。倒是我和本一脸煞白,吓得不得了。

我举起相机拍下玛利亚的微笑。一旦相机在手,一切感觉都好了。光线很好,相机所有的设置都按我的指令各就各位,一切都很顺利。

本拿着一个听诊器,放在玛利亚的肚子上听宝宝的动静。我能看出来他的感受和我一样,当他拿起那个简单的器械时,他又觉得一切尽在掌握了。让我们害怕的是那种无助的感觉。"你听!"本说着把听诊器递给我。

我放下相机,在本的指导下,我能听到小宝宝快速的、强劲的心跳声。那声音充满了活力和生命力。我微笑着,一边听,一边点头回应玛利亚询问的目光。

然后,正当我看玛利亚时,她闭上眼睛,呼吸变得急促起来。我又给她拍了一张,然后把镜头对准了本。他靠在床边,小心地观察着。他在等待和观察时,满脸专注,并不碰她,我把这一切拍了下来。玛利亚曲起膝盖,微微弯着腰。房间里除了她的呼吸声再没有别的声音,我可以看到她的整个身体处于紧绷状态。

"你看。"本小声对我说。我走到床脚,随着产道的扩张、收缩,以及阵痛中的肌肉的颤抖,我看见了宝宝的头。我可以看见宝宝那黑色的头发。

可是,宝宝的头又不见了,就像是一只戴着手套的拳头缩进了袖子里。玛利亚放松了一下,睁开眼睛,叹了口气。本凑到她耳边小声地对她说:"一切都很好。"他的声音很轻,"我看见头了,快了,就快了。"他对她微笑,我把他俩头挨头的样子拍了下来,意识到他们已经忘了我的存在。

玛利亚又闭上眼睛，深吸了一口气。本赶紧回到床脚，我向后站，观察着。我想起来应该拍照，于是站得离床远了一点，这样可以拍她的全身。她镇定地躺在床上，积蓄力量，翘起下颚，张大了嘴，喘气、等待。突然，她呻吟了一声，整个身体从床上拱了起来。

"放松，放松。"本轻轻地说。他靠前一些，小心地摸着宝宝的头，引导着宝宝从玛利亚的身体里出来。我靠近一些，拍下了本用有力的双手像托着鸡蛋的蛋壳一样，小心地托着宝宝的头。宝宝的脸冲着我，平平的，一动不动，看起来很像是匆忙画下的卡通画，全是线条：纹丝不动的直直的嘴部线条，肿胀的眼睛像两条缝，紧紧地闭着，还有一个小小的、塌塌的鼻子。玛利亚又放松下来。本安静地站着，他的手还是温柔地托着宝宝的头，而那张小小的、平平的脸就像是塑料玩具娃娃的脸一样，丝毫不动。

"再使把劲儿。"他对玛利亚说。我觉得她根本都没听到他说什么，她整个人都绷紧了，在她大口喘气当中，宝宝的小身体滑到了本的手里。

我还是只能听到玛利亚呼吸的声音。我一直在拍照，但是我甚至没有听到快门声，只听见那长长的、安静的、精疲力竭的呼吸声。

接着，是宝宝的哭声！本用两只手抱着宝宝，轻轻地揉着。他用手揉着宝宝窄窄的、浅灰色的背。终于，宝宝的小胳膊小腿稍稍动了一下，就像是正在睡觉的人从梦中惊醒一样，然后短暂地哭起来。听见宝宝哭，玛利亚笑着抬起头来看。本冲她咧嘴笑着说："是男孩，我就说是男孩吧。"

他把宝宝放在玛利亚的肚子上，等了一会儿，然后他把脐带两端扎紧，从中间小心翼翼地剪断了。这下宝宝和玛利亚分开了，可是他一直朝玛利亚那边扭，仿佛想靠得更近一些。在这么短的时间里，他的脸已经从青灰色变成了粉红色，就像是一个蘸满了水的海绵，整个人都变得立体了。鼻子挺了起来，线条柔和又完美。薄薄的小嘴活动起来，在找东西吃，舌头伸了出来，尝了尝空气的味道。眼睛一会儿睁开，一会儿又闭上，一眨一眨的，还斜着到处看。他的脑袋挨着玛利亚时，额头上的皮肤皱了起来。玛利亚伸出一只手轻轻地抚摸着宝宝，微笑着。然后，她闭上眼睛休息了。

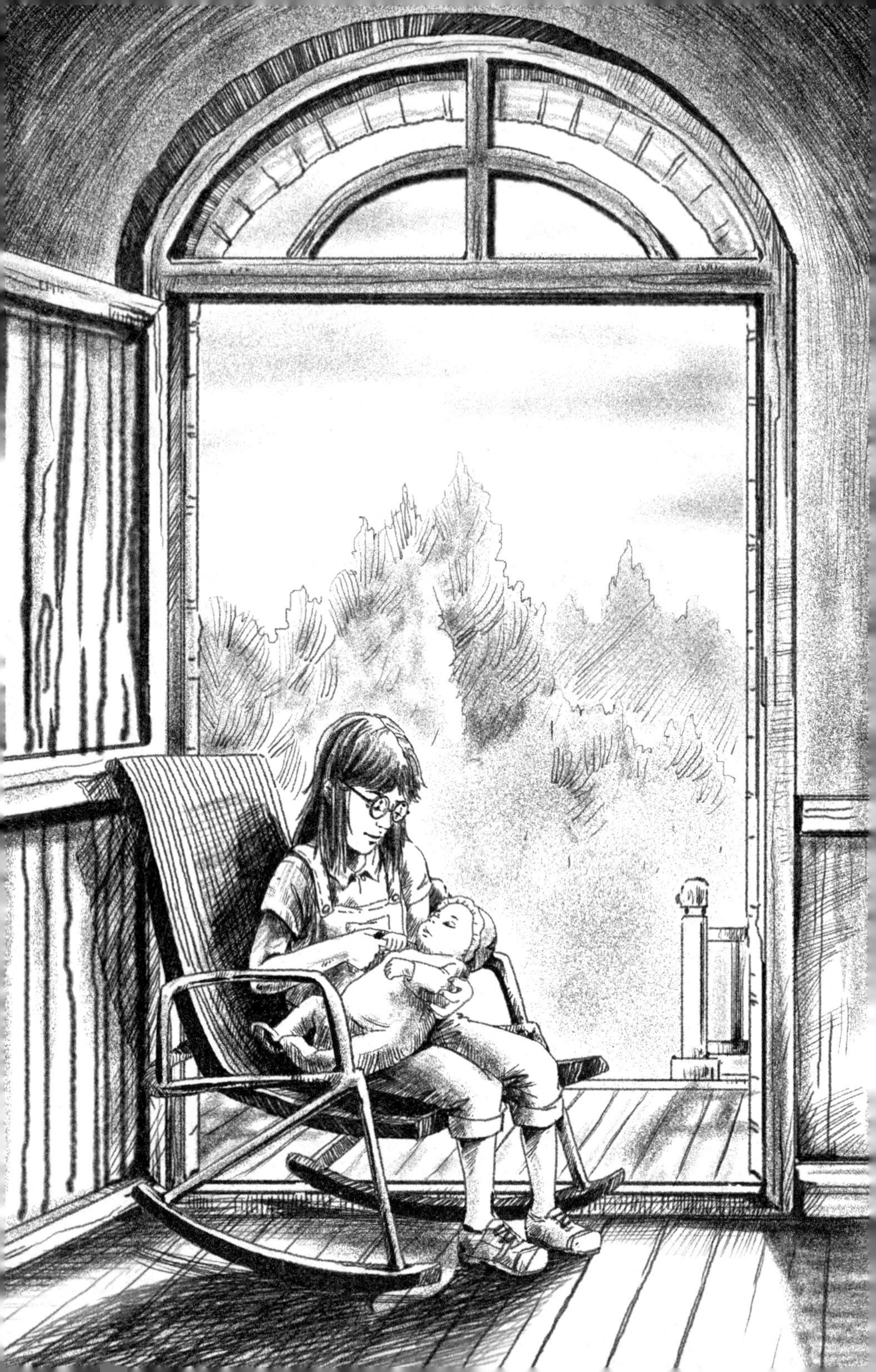

"梅格？"本从他旁边那个堆满了东西的桌子上，拿起一块柔软的白色毛巾递给我，"你可以抱一会儿宝宝吗？我得把这儿清理一下。"

我把相机放到屋角的地板上，用毛巾把宝宝包起来，然后把他从玛利亚身边抱开。他好小、好轻啊。我把盖着他脸的毛巾弄开，然后抱低一些，这样玛利亚就能看见他了。玛利亚对我微笑着，轻轻地说："谢谢你。"然后，我抱着宝宝去了客厅。

我抱着他在打开的前门门廊那儿站了一会儿。阳光非常灿烂，田野里的草和野花上的露珠已经蒸发了，鸟儿们也醒来了。"你听，"我轻轻地对宝宝说，"小鸟在对你唱歌呢。"宝宝睡着了，他的手指松开，贴在我的胸前，暖暖的。

我坐在摇椅上慢慢地摇着，想要用摇椅那轻柔的、平稳的节奏，去补偿他刚刚经历的那场突然而痛苦的旅程。我想起了玛利亚在生宝宝时，攥住她身体的那股势不可挡的力量，以及当宝宝寻求获得母体之外的生命时，他那令人震惊的、几乎可以说是痛苦的前进方式。这场生命进程带给我的震撼，大大超乎了我的预料。

最后的夏天

我用一只手捏着毛巾的一角给宝宝擦脸，他的脸上还留着出生时的血迹。当毛巾触碰到他时，他惊得动了一下，两只眼睛都睁开了。他的手指动个不停，然后就又睡了，呼吸非常轻柔。他的嘴角动了动，在那一瞬间，他仿佛在笑，睡着时，他的嘴巴还发出了一点声音。

"本？"我轻轻地喊。

"怎么了？还好吗？我马上就好了。"

"挺好的。宝宝让我告诉你，他很开心。"

本从玛利亚的房间走出来，用毛巾擦着手。他弯下腰，看着宝宝，咧嘴笑了。"他跟你说他很开心？我就说过嘛，他会告诉我们他的名字的。"

我把宝宝交给本，走进卧室去拿相机，然后亲了亲玛利亚的脸颊。她盖着一条毯子，睡着了。我离开他们一家三口回家去了，爸爸还在家等着我。

他们真的就给他取名叫开心。开心·威廉·安博特－布兰迪。威尔·班克斯听说了这事后，最初有点吃惊。"开心·威廉？"他吃惊地说，"这是什么名字？"然后他想了一会儿，说："说起来，有种花的名字叫甜蜜·威廉，学名其实叫须苞石竹。这么说来，我觉得也没有什么理由不让宝宝叫开心·威廉。只要他开开心心的，当然可以啦。"

突然间，我想亲自去告诉莫莉这个消息。

我以前害怕去见莫莉，可是现在我不怕了。我也说不清楚这是为什么。唯一的改变就是我亲眼看到玛利亚生了开心，因为某种缘由，这件事起了作用。

爸爸开车载我去波特兰。在路上，爸爸尝试着告诉我医院里是什么情况。"你必须时刻提醒自己，"爸爸说，"那依然是莫莉。对我来说，这很艰难。每次走进她的病房，我都非常吃惊，因为里面有很多的机器。那些机器似乎把你和她分开了，你必须无视它们，然后才能明白那依然是莫莉。你明白吗？"

我摇摇头说："不明白。"

爸爸叹了口气。"好吧，连我自己都不明白。可是，梅格，你听着——当你想起莫莉的时候，她是什么样子的？"

我沉默了一会儿，想了想，说："我觉得我大多想的是她过去是怎么笑的，然后想到就算是在生病以后，她也会在太阳升起的早晨，跑到田里去找新的野花的样子。

有时候,我常常会从窗子那儿看她。"

"我就是这个意思,我也是这么想莫莉的。可是等你到了医院,你会看到她现在整个人都不一样了。你会觉得奇怪,因为你只能旁观,不能参与进去。

"莫莉总是昏昏欲睡,那是因为他们给她吃了药,这样她能稍微舒服一点。而且她不能和你说话,因为她插了喉管来帮助呼吸。

"对你来说,第一眼看到的时候,她就像个陌生人,会有点吓人,可是她能听见你说话,梅格。你跟她说话,然后你会感到那个躺在床上,被各种管子、针头和机器覆盖的人,依然是我们的莫莉。你必须记住这个,这样你才能好受一点。"

"而且,梅格?"他沿着弯道中间的白线,驾驶得非常小心。

"怎么了?"

"还有一件事。你要记住,莫莉现在不痛苦,而且也不害怕。觉得痛苦和害怕的是你、我,还有妈妈。

"这很难解释,梅格,但是莫莉自己处理得很好。她需要我们,需要我们的爱,除此之外,什么都不需要。"

爸爸艰难地吞了一下口水，然后说，"死亡是一段孤独的旅程。我们唯一能做的，就是在她需要我们的时候，陪着她。"

我把插着褪色柳的小花瓶带来了。我把花瓶放在腿上摆弄着，然后伸出手抓住爸爸的手，握了一会儿。

妈妈在医院和我们碰头，我们三个一起在一楼的咖啡厅吃了午餐。我们聊得最多的就是开心。

"我是第一个抱他的人，妈妈，"我对妈妈说，"我觉得他对我笑了。"

妈妈看起来像是记起了什么事情。开始时她还在说话，后来就停下不说了，沉默了一阵子后，她告诉我们她刚才在想什么："我想起了莫莉出生时的情景，那真是个特别的日子。"

妈妈说，莫莉醒着，她知道我要来，想见我。然后，爸爸妈妈带我上了楼。

莫莉看起来很小。长这么大，我第一次觉得我比莫莉大，仿佛我才是姐姐。

可我没她漂亮。我永远都不会觉得我比莫莉漂亮。

她的头发全都掉光了，她那一头长长的金色卷发都

不见了。她的脸和头部半透明的皮肤在病床白色枕头的映衬下，就像是一件精美的古董瓷娃娃。在她头顶上方的金属架上，挂着贴着标签的玻璃瓶和塑料袋，输液管把液体从这些瓶子和袋子里送进莫莉左手的静脉里。我看着那些药水慢慢地滴下来，就像眼泪。伸到她喉咙里的管子，被干净的胶布牢牢地固定在她的皮肤上。我尽量在脑海中把这些东西和莫莉剥离开。虽然心里忍着巨大的疼痛，仿佛被拳头打中一般，但我仍能看见她闭着的眼睛上的睫毛，在脸颊上投下完美的线条；我的目光看着窗外的阳光在她病床上留下模糊的光影，窗外树叶摇曳，光影在她手上和胳膊上随之舞动。

"莫莉。"我叫她。她睁开了眼睛，看见我在，微笑起来。她等着我和她聊天。

"莫莉，宝宝出生了。"

她又笑了，但非常困倦。

"是个男孩。他是在铜床上出生的，就像本和玛利亚希望的那样。他来得非常快，本已经准备好要等好几个小时了，可是玛利亚一直笑着说：'不，本，他马上就要出来了！'然后他就真的出来了。本把他抱起来放在玛利亚的肚子上,然后宝宝就蜷缩着睡着了。"

莫莉望着我,听我说话。有那么一瞬间,我觉得我们仿佛又回到了家里,躺在自己的床上,开卧谈会。

"然后本把宝宝交给我,我抱着宝宝去了门厅那里,让他看太阳升起来。我告诉他,小鸟们在为他歌唱。

"后来威尔也过来了,还给他们带了好大一束野花。我不知道野花的名字——不过你应该知道。全都是黄色和白色的。

"本、玛利亚和威尔,他们都让我转告你,他们爱你。"

她伸出手来,拉着我的手,抓着不放。她的手还没有开心的手有劲儿。

"本和玛利亚问我,能不能再给他们洗一张你捧着欧芹的照片。他们想挂在客厅的墙上。"

她已经没有在听我说话了。她的头歪到了一边,闭上了眼睛。她的手轻轻地从我的手里滑落,她又睡着了。我把插着褪色柳的小花瓶放在她床边的桌子上,这样她一醒来就能看见,然后把她一个人留在了那里。

开车回家的路上,我对爸爸说:"威尔·班克斯曾给我念了一句诗。他说:'你所哀悼的就是玛格丽特。'我还对他说,我永远都不会自怨自艾。可是我觉得他是对的,我很难过,因为我想念莫莉。我甚至想念和她的吵架。"

在车上,爸爸伸手把我搂过来。"一路走来你做得都很棒,梅格。"他说,"很抱歉我以前没有告诉你这一点。我也只顾着自怨自艾了。"

接下来,我们一路高歌回了家。我们唱"迈克尔,划船靠岸边",基本上都唱跑调了,我们还给每个人都编了一句歌词。我们唱"爸爸的船是书本船""妈妈的船是被子船""梅格的船是相机船""本和玛利亚的船是开心船""威尔的船是房子船",这些歌词比原本的歌词更有趣,深深地打动了我们俩。最后,我们唱"莫莉的船是花儿船",唱完这一句,车子转了一个弯,开上了回家的那条土路。

两个星期以后,莫莉走了。一天下午,她闭上眼睛以后再没有醒来。爸爸和妈妈把褪色柳带回来,交给我保管。

## 第十一章
# 龙胆花的约定

时间一如既往,生活还要继续。过一阵子,你就会更多地想起那些美好的,而不是难过的事。然后,渐渐地,你心中的空白部分会再次被聊天和笑声填满,悲伤的刺痛感会被记忆打磨掉棱角。

莫莉不在了,一切都和以前不一样了。可是还有一整个世界,还有美好的事情在等待着我。

九月到了,是时候离开已经开始有家一样感觉的小房子了。

有人敲门，我应了门，然后上楼去了爸爸的书房。爸爸坐在桌前，有点沮丧地看着地板上一堆一堆按照某种顺序整理起来的、并用夹子夹好的纸页。

"爸爸，克拉丽丝·卡拉威和一个男人在门口。她说她很不愿意在这么糟糕的时候打搅你，可是——"

"可是她还是要这么做，对吧？"爸爸叹了口气，站起身来。我听见克拉丽丝在前门把爸爸介绍给那个男人，那个男人手里提着一个公文包，看起来既不耐烦，又很生气。爸爸让他们进来，叫妈妈准备咖啡，然后他们三个在客厅里坐下。

我又回到了暗房，我刚才正在那儿收拾打包。我将在镇上拥有一间暗房啦，爸爸已经雇了他的几个学生在一个房间里做架子，弄水管和线路。那个房间在三楼，很多年以前是佣人房。也就是说，我将在镇上拥有一间比乡下的这间更大、装备更好的暗房，所以我应该不是为了这件事心烦。威尔·班克斯把他住的小房子的储物间改造成了暗房，工程已经接近尾声。就算我走了，他也可以继续发展他的摄影技术，保持他的摄影兴趣和热情，所以当我打包收拾我的底片、显影罐和各种工具时，也不是那件事令我难过。我猜，让我觉得难过和心烦的，应该是以后不能再和威尔一起工作了。

要和一个人分开真的很困难。

我把东西收拾到箱子里，然后用胶带封好，还在上面写上"暗房用品"，然后把箱子搬到了厨房的角落里。那里已经有好几个箱子，妈妈已经收拾好几天了。有的箱子上写着"餐具"，有的写着"厨具"，还有的写着"床品"。整整一个星期，我们都像是在露营，吃饭用纸盘子，把冰箱里乱七八糟的东西都吃得干干净净，最后几顿饭的食材甚至是妈妈从小花园里扒拉出来的。

有一个箱子上写着"被子"。前天晚上，妈妈缝完了最后一针，她有点吃惊地看着那床被子说："我觉得已经做好了。怎么就做好了呢？"她扯着被子四处看看，想找找看有没有哪个角落被遗忘了，可是被子的每一个地方，都用细细的针脚密密实实地缝着，缝得整整齐齐。妈妈站起来把被子铺在餐桌上，被子上整齐排列的、如几何图形一般的一块块布料，就是我们往日的时光啊，有莫莉的，也有我的。布料全是鲜艳的小方块：正中间是我和莫莉的浅粉色和黄色的婴儿衣；围绕在那周围的，是妈妈仔细安排的布料，那些小花布和鲜艳的格子布都是我们小时候穿过的衣服；被子的边缘则是我们长大以后穿的软和的褪色牛仔布和灯芯绒布。

"真的缝好了。"妈妈缓缓地说，"全部做好了。"说完，她把被子叠起来装进了箱子里。

现在，我听见妈妈正在客厅给客人泡咖啡，有人在争论着什么。我模模糊糊听到客人们快速而生气的说话声，突然妈妈轻轻说了一句："这不公平。"用的就是以前我经常对莫莉说这句话的那种腔调。

妈妈说完这句话之后，客厅里一阵沉默。然后我听见爸爸说："我们继续讨论这个也没有什么意义，我们去看看威尔。你得先去见见他，亨廷顿先生。"

爸爸到厨房来打电话。"威尔吗？"他说，"你外甥在这儿，我们可以去你那儿吗？"

爸爸听到电话里的回复时咧着嘴笑了，我能猜得出威尔会怎么说。对于他姐姐的这个儿子，他从来就没说过什么好听的。

"威尔，"爸爸对着电话说，"你很清楚是那样，我也很清楚。不过无论如何，我们都是文明人。现在先平静一下。我们马上就来。"

挂了电话，爸爸对我说："梅格，你赶紧去本和玛利亚家，可以吗？你去跟他们说你会陪着开心，如果他们愿意到威尔那里去和我们碰头，跟威尔从波士顿来的外甥谈判。"

爸爸回到客厅，我听见克拉丽丝·卡拉威说："我还没喝完咖啡呢。"然后我听见爸爸说："克拉丽丝，我特别不想给你带来不便，可是——"从爸爸的语气里，我听得出来，他说这话时可真是得意极了。

我很喜欢照顾开心，这也是我不愿意搬回镇上的另一个原因，搬走后，我就没有机会看他长大，学习新本领了。现在他已经可以把头抬起来到处看了。才过了一个月，他的样子和刚刚出生时相比就有了很大的变化。现在他是一个小小人，眼睛大大的，声音很响亮，性格也很鲜明。玛利亚说他像本，有点神经兮兮的幽默感，一点都不拘泥于常规。本说他像玛利亚，没有逻辑，独断专行，还有点爱显摆。玛利亚听到这话，拿着一条餐巾去打本，本咧嘴笑着说："看看，明白我的意思了吧？"

我才不觉得他像谁呢,他就是他自己,他是开心。"

玛利亚和本从威尔家回来以后,我问他们事情怎么样了。玛利亚转了转眼珠,然后说:"我也不知道。疯狂,就是这样。"

本狂笑起来,说:"梅格,我得给你看个东西。"然后,他到柜子里把装着婚礼相册的盒子拿了出来。

"我已经看过了,本。我知道你们结婚了,我也给我爸爸说了。克拉丽丝不会还担心这个问题吧?"

"不,不,不。来看看,这个混蛋。"本翻着一页又一页重重的、花里胡哨的相片,找到了他想要的那张。那张相片上都是来参加婚礼的客人,一群中年人在喝香槟。在人群中,一个人显得特别一本正经,可是他手里的香槟又让他看起来有点不伦不类。这个人竟然是威尔·班克斯的外甥。

"他叫马丁·亨廷顿!"本已经笑得腰都直不起来了,"我简直不敢相信。我到了威尔家,这个混蛋也在那儿,穿着律师的衣服,拿着个公文包。他盯着我的牛仔裤和胡子,好像不想离我太近,免得被传染上什么病似的。当我认出他以后,我冲他伸出手——你真该在现场,梅格——我说:'亨廷顿先生,不记得我了吗?我是本·布兰迪。'"

"你怎么会认识他?"我问。

"他是我父亲律师事务所的初级合伙人,已经有好几年了。"本笑着说,"噢,你要是在现场就好了,梅格。他站在威尔家的客厅里,嘴巴张得老大,用他那种一贯的装腔作势的语气说:'那个,本杰明,我,啊,我不知道,啊,原来是你住在我们家的房子里。嗯,当然,这个,嗯,的确是增加了一丝,嗯,本次会谈的难堪因素。'"

"'本次会谈'!你能想象吗?他把我们在威尔·班克斯家客厅里的谈话称为'本次会谈'!就是马丁·亨廷顿典型的腔调。我恨不得马上告诉我父亲。"

"可是会发生什么事呢?"

本耸了耸肩,说:"我也不知道。不过我会给我父亲打个电话,我知道我希望的结果是什么。如果我父亲可以借给我一笔钱做首付,我要从威尔那儿把这房子买下来。我希望开心能在这里长大。开心,你觉得怎么样啊?嘿,玛利亚,这孩子怎么吃起来没完啊?"

玛利亚正在给开心喂奶,听到这话,咧着嘴笑起来。

她对本说：“这不是跟他老子学的嘛。”

我回家的时候，爸爸妈妈正在客厅里喝重新热过的咖啡。地毯都卷起来了，窗帘也取下来收拾好了。慢慢地，房子里曾经属于我们的一切，一点一点地搬空了。

"本想买房子。"我对他们说，"他们要一直住在这里。"我叹了口气，把鞋子踢掉，然后清理黏在我袜子上和牛仔裤上的枯叶。田野里所有的东西仿佛都要枯萎了。

"哦，这可太棒了。"爸爸说，"可是你为什么看起来那么惆怅呢？"

"我也不知道。"我回答，"可能是因为我们要走了吧。明年夏天对他们来说一切照旧，可是我们呢？"

妈妈和爸爸沉默了一会儿。最后爸爸说："听我说，梅格。明年夏天这座房子还是在这儿，我们还可以再租它。不过我和妈妈只是有这个想法，我们也不太确定。"

"我们在这儿有太多悲伤的回忆，梅格。"妈妈安静地说。

"到明年夏天，可能会稍好一些吧。"我说，"也许在这座房子里怀念莫莉会更快乐。"

妈妈笑了。"也许吧。到时候再说。"

我们三个都站起来，妈妈去厨房继续打包收拾，爸爸去了楼上的书房。

"你知道吗？"爸爸在楼梯上停下来对我说，"我在我的书里某个地方写过，使用巧合是一种不成熟的文学手法。可是今天本走进威尔家的客厅，然后说：'亨廷顿先生，不记得我了吗？'好吧——"

他站在那儿想了一会儿，然后自言自语起来。

"我是不是该把第九章修改一下，"他咕哝着，"这样才能匹配——"说着，他慢慢继续往楼上走，一边走还在一边嘀咕。在楼梯顶部，他站住了，往书房里看了看他那一堆又一堆的稿纸，然后转过身来像打了胜仗似的冲我们大喊："莉迪亚！梅格！我的书已经写完啦！只需要重新整理就可以啦！我刚刚才意识到这一点！"

于是，书稿也被打包了。爸爸用大写加粗的字体在箱子上面写上"书"。

第二天，搬家的货车来了。威尔、本，以及玛利亚抱着开心，都站在小房子的私人车道上向我们挥手告别。

九月底的一天，爸爸从学校上了课回来，他对我说：

"梅格,把头发梳一梳,我带你去个地方。"

通常爸爸不会注意,或者说他不会介意我的头发梳好了没有,所以我知道那肯定是个特别的地方。我甚至还洗了把脸,还把球鞋脱了,换上了上学穿的鞋子。我带了件外套——天气变冷了,九月的空气里充满了南瓜、苹果和枯萎的树叶的气味——上了车。爸爸开车带我去了大学的博物馆,那是座很大的石头建筑,门前还有几个铜制的雕像。

"爸爸,"当我们走上宽阔的楼梯时,我小声地说,"文艺复兴时期的作品我已经看过一万次了。你要是让我再看一遍的话,我就——"

"梅格,"爸爸说,"安静点好吗?"

前台的女士认识爸爸,说:"查莫斯博士,听说了您女儿的事,我很遗憾。"

"谢谢。"爸爸说,"这是我的小女儿,梅格。梅格,这位是阿玛托小姐。"

我和她握了手,她好奇地打量着我,然后好像有点吃惊地说:"噢。"难道他不知道爸爸还有另外一个女儿吗?"噢,"她又说了一次,"摄影展在西侧厅,查莫斯博士。"

我竟然不知道有摄影展。不过这也不奇怪,因为我太忙了,我要弄我的新暗房,还要准备上学。跟着爸爸往西侧厅走的时候,我突然觉得有点不安。

"爸爸,"我说,"你没有把我拍的照片提交给摄影展,对吗?"

"没有。"爸爸摇了摇头说,"我不会不征求你的同意就那么做的,梅格。总有一天你会自己来做这件事情。"

那是一个巨大的展厅,有着白色的墙壁,四面墙都挂满了装裱好的摄影作品。展厅入口处用哥特体写着:新英格兰面貌。我在展厅里到处看,认出了一些摄影师的名字,他们都很有名,我在从图书馆借的书和杂志上看到过他们的名字。所有的作品都是人像:住在僻静乡村、满脸沧桑的苍老农夫,饱经风霜、满脸皱纹的妇人,眼神热切、长着雀斑的孩子们。

突然间,我看见了我的脸。那张照片很大,白色的底衬外面是黑色的窄边框,那不是一个碰巧长得像我的陌生人,那就是我的脸。拍摄的角度很好,风吹起了我的头发,我正看向远处的某个地方,那个地方超出了照

片精心裁切的边界，甚至超出了照片边框严格的界限。我的脖子、下巴，还有转过来一半的脸颊的线条，在虚化了的松树的映衬下，显得格外清晰。

虽然当时没有觉察到被拍，可是我知道，这是威尔拍的。那天我们在村子的墓地安葬莫莉，还在她的坟上铺满了秋麒麟草，威尔就是那个时候拍的。

我的脸上有莫莉的影子。看出这一点，我大吃一惊。我的脸部线条，还有被暗色的树影衬托出来的前额和面颊，和莫莉的是一样的。我抱着肩膀的方式，和莫莉也是一样的。我知道光影只在一瞬间，可是当威尔举起相机以五百分之一秒的曝光速度按下快门时，他捕捉到了这一切，将莫莉的影子永远地定格在我的身上。我是如此感激，如此欣慰。

我走近去看照片下面写的文字信息，照片的题目是

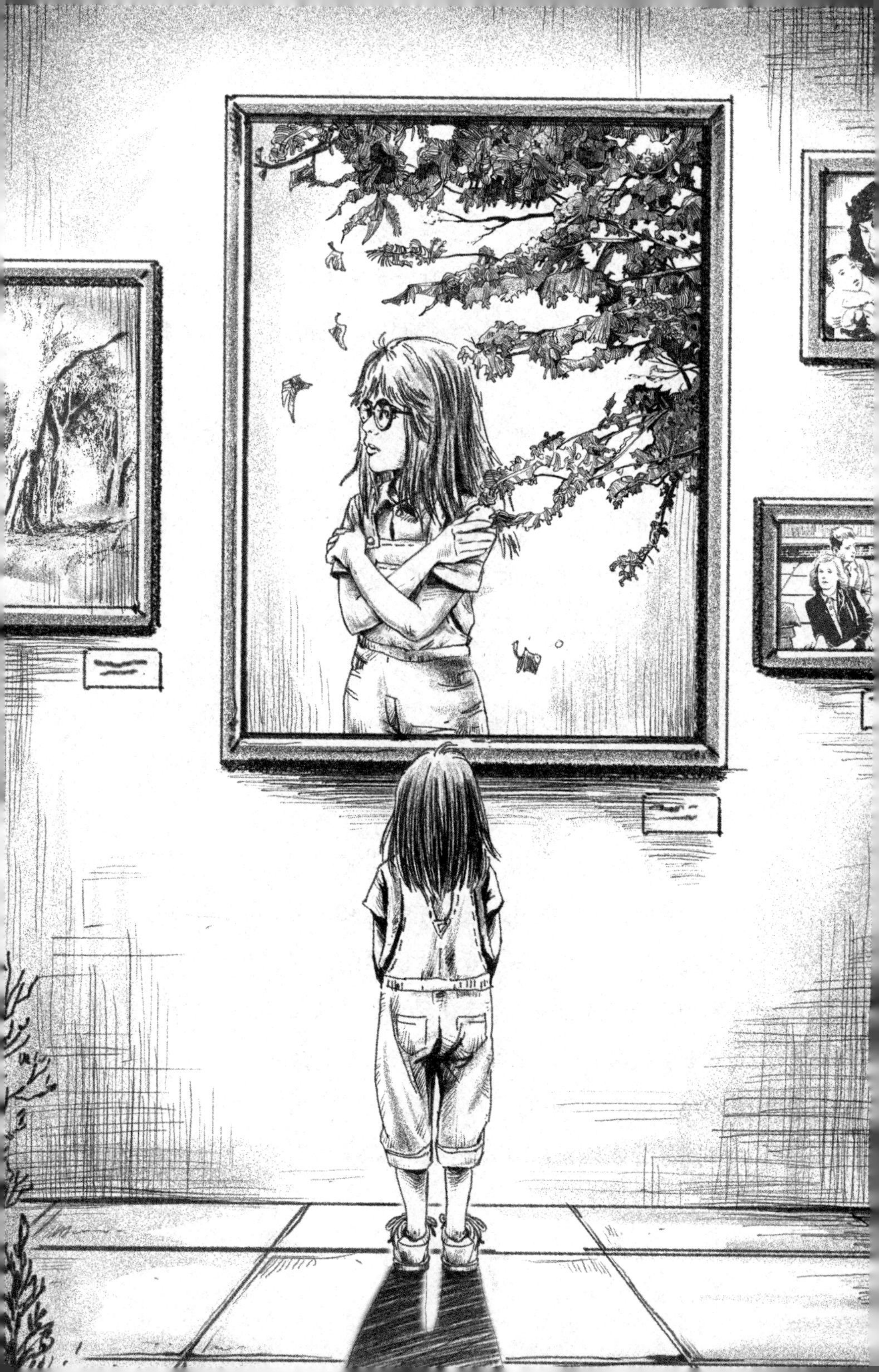

"龙胆花",另外一边是摄影师签名:威尔·班克斯。

我对爸爸说:"爸爸,我得回去。我得去见威尔。我向他保证过。"

周末,爸爸带着我回去了一趟。在车上的时候,我想起了去年冬天我们第一次去乡下的房子时,我觉得好远啊,可是现在却感觉很近。或许当你对一个地方熟悉之后,就觉得没那么远了吧。也许这也是成长的一部分。

威尔就在那儿,脑袋埋在打开的卡车引擎盖里。我们开车过去的时候,威尔站起来,把手擦干净,欢快地笑着说:"这次是火花塞。"

"威尔,我来了,你带我去看龙胆花吧。真抱歉,我给忘了。"

"你没有忘,梅格,"他说,"现在才是时候。"

我们去了田野里,爸爸在威尔家等我。几乎所有的花都不见了。本和玛利亚家大门紧闭,空空如也,不过玛利亚亲自做的窗帘还挂在窗子上。他们已经返回哈佛,本要完成最后一项课程才能取得硕士学位。

"他们会回来的。"威尔看我望着房子,就对我说,涂料还是新的,花园里虽然没有蔬菜,不过还是整整齐齐的,还锄了草。"现在房子是他们的了。也许明年夏天,你就能帮着开心学走路了。"

也许,也许那将又是一个开满野花、充满欢笑的夏天,欢笑属于将要展开崭新人生的一个小男孩。

威尔径直走到并排种着云杉和桦树的小树林边。我已经忘了几个月前他指给我的那个地方,不过这块土地是属于他的,他了解这里,如同了解自己的生命。他把灌木拨开,带着我去龙胆花生长的地方。那里非常安静,地上到处都长着苔藓,阳光透过大树的空隙洒落下来,照射在深绿色的地面上,斑驳的影子像极了妈妈缝的那条被子。

那一小丛龙胆花孤零零地长在那里,笔直的茎从湿地里迎着阳光生长,顶部盛开着紫色的小花。威尔和我一起站在那儿看着它们。

"它们是我最喜欢的花儿,"威尔说,"我想是因为它们是这个季节最后的花,也是因为它们一直在这里默默地生长,毫不关心是否有人看见。"

"它们很美,威尔。"我说。它们真的很美。

"它努力长成玫瑰,"威尔说,我知道他又开始念诗

了,"然而却失败了,于是夏天嘲笑它,然而雪花飘落时,只有这紫色的小花开得漫山遍野。夏天藏起了汗颜,却藏不住羞愧。[1]"

当我们转身离开树林的时候,我说:"威尔,你应该当个诗人。"

他笑着说:"还是卡车修理工更靠谱些。"

我们穿过田野往回走时,我稍稍落在他后面几步,想把所看到的一切都记在脑子里。尽管秋麒麟草已经没有了,高高的野草也变成棕色,脆弱不堪,就好像是一幅褪色的老照片。在脑海里,我又见到了莫莉,一闪而过的情节如电影般一幕幕拉开,又一幕幕结束。我看见当草还茂盛时,她站在草丛里,胸前抱着花。风吹起她的头发,她脸上绽放出微笑,伸手去摘一朵又一朵野花。被风带起来的花粉在阳光的照耀下飘拂在她周围,她回头往后看,一直笑个不停。

我突然觉得,一定存在某个地方,那是莫莉的地方,夏天依然在,夏天永远都在。

穿过田野,我看见了我们住过的那栋小房子。我看着

---

[1] 出自英国著名女诗人艾米莉·狄金森的诗作。

走在我前面的威尔。他在往家走的时候,一边走,一边用拐杖把草拨到一边,我意识到他在走路时已经靠在拐杖上了,他需要拐杖的支撑。对他来说,在这条到处是石头的田间小路上行走,远比我要困难。这时,我明白了那次本曾对我说的人应该了解和接受不好的事。因为当我望着威尔时,我明白了,有一天他也会永远离开我。

我追上前去对他说:"威尔,你知道那张挂在大学博物馆里我的照片吗?"

他点点头说:"你介意吗?"

我摇摇头,害羞地说:"你把我拍得很漂亮。"

"梅格,"威尔笑起来,搂着我的肩膀对我说,"你一直都很漂亮。"

图书在版编目（CIP）数据

最后的夏天 /（美）洛伊丝·劳里著；罗玲译 . —昆明：
晨光出版社，2017.7（2025.6重印）
ISBN 978-7-5414-9014-9

Ⅰ.①最… Ⅱ.①洛… ②罗… Ⅲ.①儿童小说－中
篇小说－美国－现代 Ⅳ.①I712.84

中国版本图书馆CIP数据核字（2017）第113288号

A SUMMER TO DIE
by Lois Lowry
Copyright © 1977 by Lois Lowry
Copyright © renewed 2005 by Lois Lowry
Published by arrangement with Houghton Mifflin Harcourt Publishing Company
through Bardon-Chinese Media Agency
ALL RIGHTS RESERVED.

著作权合同登记号　图字：23-2017-015号

## ZUI HOU DE XIA TIAN
## 最后的夏天

出 版 人　杨旭恒

| 作　　者 | 〔美〕洛伊丝·劳里 |
|---|---|
| 翻　　译 | 罗　玲 |
| 译文审读 | 张　勇 |
| 绘　　画 | 贾雄虎 |
| 项目策划 | 禹田文化 |
| 版权编辑 | 杨　娜 |
| 责任编辑 | 李　洁 |
| 项目编辑 | 杨　博 |
| 美术编辑 | 沈秋阳 |
| 封面设计 | 萝　卜 |
| 版式设计 | 袁　芳 |

| 出　　版 | 晨光出版社 |
|---|---|
| 地　　址 | 昆明市环城西路609号新闻出版大楼 |
| 邮　　编 | 650034 |
| 发行电话 | （010）88356856　88356858 |
| 印　　刷 | 北京润田金辉印刷有限公司 |
| 经　　销 | 各地新华书店 |
| 版　　次 | 2017年7月第1版 |
| 印　　次 | 2025年6月第17次印刷 |
| 开　　本 | 145mm×210mm　32开 |
| 印　　张 | 5.5 |
| ＩＳＢＮ | 978-7-5414-9014-9 |
| 字　　数 | 80千 |
| 定　　价 | 20.00元 |

退换声明：若有印装质量问题，请及时和销售部门（010-88356856）联系退换。